塔季扬娜·奥列格芙娜·莱乌托娃 著　　杨明 译

近卫军军人·学者·外交家

MILITARY SCHOLAR DIPLOMAT

河南文艺出版社
· 郑州 ·

图书在版编目(CIP)数据

近卫军军人·学者·外交家/(苏)塔季扬娜·奥列格芙娜·莱乌托娃著;杨明编译. —郑州:河南文艺出版社,2017.5(2019.9 重印)

ISBN 978-7-5559-0528-8

Ⅰ.①近… Ⅱ.①塔…②杨… Ⅲ.①日记-作品集-苏联 Ⅳ.①I512.65

中国版本图书馆 CIP 数据核字(2017)第 086450 号

JINWEIJUN JUNREN · XUEZHE · WAIJIAOJIA

出版发行	河南文艺出版社
本社地址	郑州市郑东新区祥盛街 27 号 C 座 5 楼
邮政编码	450018
承印单位	三河市兴国印务有限公司
经销单位	新华书店
开　本	890 毫米×1240 毫米　1/32
印　张	9.5
字　数	200 000
版　次	2017 年 5 月第 1 版
印　次	2019 年 9 月第 2 次印刷
定　价	38.00 元

前 言

俄罗斯科学院院士 O.A.莱乌托夫的传记《近卫军军人·学者·外交家》的中文译本出版了。作为莱乌托夫的学生,我们有幸与他有较多的交流和了解,我们认为莱乌托夫院士传奇的一生,值得中国读者的关注。

莱乌托夫 1920 年生于乌克兰顿涅茨克,1937 年入莫斯科大学化学系学习,1941 年德国法西斯兵临莫斯科,莱乌托夫参加了乌克兰第四方面军,一直战斗到柏林解放。我们曾听他说,他在斯大林格勒战役中,有一次作为营长带领 404 人参加战斗,结果只有 3 人生还。他全身多处被弹片击中,在野战医院里抽了一百多支烟后才动手术,恢复健康后继续战斗,一直到进入柏林。获得多枚勋章和奖章的莱乌托夫,战后却选择了回母校继续学业,并从事教学和科学研究工作,经过几十年的辛勤劳动终于成为享有世界声誉的化学家。

20 世纪 30 年代中,英国化学家 C.K.Ingold 提出了饱和碳原子上亲核取代反应的机理,这是有机化学理论发展中的里程碑。莱乌托夫教授在 1957 年组建了有机化学理论问题实验室,以有机汞化合物为对象,研究饱和碳原子上亲电取代反应的机理,这是一个有创造性的大胆选择。1958 年国际纯粹与应用化学联合会在莫斯科大学举行第八次全会,会上莱乌托夫报告了他的工作,受到 Ingold 的高度赞扬。这种敢于创新,勇攀高峰的精神,在当时苏联年轻的教授中也是很少见的。莱乌托夫也在这一年当选为苏联科学院通讯院士,时年 38 岁。以后莱乌托夫把他们的研究成果陆续发表在苏联和英、美的科学期刊中,又写成专著,其英文版于 1968 年在荷兰出版。1985 年国际性学术刊物 *J. Organoment. Chem* 为莱乌托夫 65 岁生日出版了专集。1989 年莱乌托夫院士在南京访问时看到这个专集时说,这些工作使他"走向了世界"。

莱乌托夫非常重视教学工作,上世纪 50 年代,莫斯科大学的有机化学基础课由苏联科学院院长涅斯米扬诺夫院士讲授,他工作忙时就由莱乌托夫代课,以后由莱乌托夫主讲。由他主持编写的有机化学教材充分反映了他几十年的教学经验,在他去世后才出版。书中前言提到,在六年半的时间中,三位编写人辛勤劳动,有时一天工作 12—16 小时。莱乌托夫的工作也反映在美国的教科书中。J. March 编写的高等有机化学中有 36 处引用自莱乌托夫的著作(2006,第五版)。

莱乌托夫院士也是积极的社会活动家,例如 1974—1992 年曾担任苏联保卫和平委员会副主席。

莱乌托夫院士终身从事教学和科学研究工作,他以侦察兵的机智勇敢瞄准学术研究中的制高点,以连队干部的拼搏精神坚定不移,刻苦工作,并善于引导和关心同事和学生。他的学生和同事 V.S.彼得罗相教授认为他是最民主的导师。吴养洁在四年学习期间，在学习和生活上都得到他无微不至的关心，三个暑假都安排他到外地疗养恢复体力。他非常爱惜人才，南京大学胡宏纹讲师曾在他的实验室作进修教师，两年就授予副博士学位。

　　莱乌托夫院士的科学思想，敬业精神和对人的培养和关心，对我们都有很好的启发作用，有助于我们在中国共产党的领导下，为实现民族复兴的中国梦而努力拼搏。

胡宏纹

吴养洁

2014 年 8 月

译者前言

《近卫军军人·学者·外交家》是以俄罗斯科学院院士奥列格·亚历山德罗维奇·莱乌托夫(1920—1998)在苏联卫国战争期间的战地日记为基础,由其女儿塔季扬娜·莱乌托娃女士进行整理并出版的一本书。

莱乌托夫院士不仅仅在科研领域做出了杰出贡献,在卫国战争期间也屡立战功,由士兵成长为少校军官,战后他还积极参与了裁军和控制战略武器的活动。莱乌托夫在莫斯科国立大学执教期间,培养了无数优秀人才,吴养洁院士就是其中之一。本书就是受吴院士委托而翻译的。

书中的战地日记自 1941 年 9 月 1 日起,至 1943 年 3 月 8 日止,日记以速记的方式向读者展现了卫国战争中乌克兰战场上的激烈战斗。这不同于小说或电影中的战争,日记更加真实地反映了战争的残酷和苏联军人捍卫家园、奋勇杀敌的决心。在这里,爱国主义不再是一句口号,而是用鲜血和生命铸就的丰碑。战争已经结束了 70 余年,但日记中凝聚的爱国主义的光辉思想对读者来说却是值得一再重温和学习的。

　　由于本书牵涉到不少历史人物和事件，因此书中的注释种类较多，特在此进行说明：正文中加"＊"标识的注释为作者注和译者注（译者注会在脚注中注明），正文中加"1、2、3"等数字标识的注释为文末注释，正文中加"【1】【2】【3】"等标识的注释为原书参考文献书目注释。

　　在翻译本书的过程中，作者莱乌托娃女士给我提供了认真详细的指导。本书第一稿完成后，吴养洁院士在百忙之中亲自批阅，提出了不少宝贵的意见和建议。在此，我对在本书的翻译和出版过程中提供过无私帮助的各位领导、师长和朋友致以最诚挚的谢意！

　　因本人水平有限，译文有不妥和错误之处，诚恳欢迎批评指正。

译者　杨明

2017 年 1 月

目　录

莱乌托夫·奥列格·亚历山德罗维奇[①]
自传梗概

莱乌托夫·奥列格·亚历山德罗维奇院士（1920.9.5—1998.8.15）——有机化学家，在化学学科所属的有机化学、金属有机化学、示踪原子化学和电化学等此类重要的研究领域做出了杰出贡献。

奥列格·莱乌托夫在顿涅茨克州马克耶夫卡市第三中学毕业后，1937年他来到莫斯科，成为莫斯科罗蒙诺索夫大学化学系的学生，1941年秋读完四年级后，他从这里作为志愿者奔赴前线。

奥·亚·莱乌托夫在南方方面军乌克兰第四方面军的近卫军部队中服役，成为斯大林格勒[②]战役中第五坦克军的一员，他曾从探井中移出过青年近卫军的遗体，并参与解放了奥斯维辛集中营。

---

① 文中奥列格·亚历山德罗维奇·莱乌托夫、莱乌托夫·奥列格·亚历山德罗维奇、奥·亚·莱乌托夫、奥列格·亚历山德罗维奇等均指莱乌托夫院士。这些看似不同的姓名，仅是依照俄罗斯的习惯对莱乌托夫在不同场合中的不同称呼而已。——译者注

② 伏尔加格勒，是俄罗斯城市名，旧名为斯大林格勒。——译者注

他从士兵成长为一名军官,1945 年 9 月以近卫军少校的职位、乌克兰第四方面军侦察工作化学工业处副主任的职务结束了军旅生涯。

在战争年代,他曾获得以下奖励:红星勋章(1944),卫国战争二等和一等勋章(1944 和 1945),"保卫斯大林格勒"奖章(1942),"战斗功勋"奖章(1943),"在 1941—1945 年的伟大的卫国战争中战胜德国"奖章(1945)。(见图片 66—69)

1945 年 9 月,奥·亚·莱乌托夫复员后作为有机化学教研室的助手回到了莫斯科罗蒙诺索夫大学化学系,他经常在坐落于莫霍瓦娅街的大学的古老建筑中①工作到很晚,在战后各种试剂和仪器并不充裕的条件下进行高强度的实验工作。

1948 年,年轻的学者在其杰出的导师亚历山大·尼古拉耶维奇·涅斯米扬诺夫院士[1](见图片 1、2、4、5)的指导下完成了以《芳基偶氮羧酸盐的分解研究》为题的副博士论文答辩。五年后的 1953 年,奥·亚·莱乌托夫副教授完成了题为《采用均裂催化反应合成金属有机化合物》的博士论文答辩。

在完成两篇论文期间,奥列格·亚历山德罗维奇师从博尼法基·米哈伊尔洛维奇·基耶德洛夫教授(自 1966 年起为苏联科学院哲学法律所院士),在哲学研究生班学习。

奥·亚·莱乌托夫认为,对于自然科学学者而言,研究哲学尤为有益,对辩证法的深刻理解则是必不可少的。他认为进行哲学研究的年代给他后来在构建现代学者的思想体系过程中带来了丰厚的回报。

---

① 指莫斯科大学在红场附近的旧址。——译者注

20 世纪 40 年代前，还完全没有人研究过的反应过程的机理的问题是当时化学学科的一个中心问题。有机化学中积累的大量事实材料迫切需要建立基础的和预测性的理论。如果能准确得知化学反应是如何进行的，其某个方向实现的可能性取决于什么，就能影响反应过程，预测到必要的类型的实现，能获得所需的最终产品。

A.G.科尔钦娜在《认识是学者的座右铭》(《苏联科学》1986年第 2 期）一文中写道："化学反应——这是有着其固有法则的复杂的微观世界。'看到'一个反应，探究构成物质原子间的化学键的将反应进行完的改变、探究转换的机理——这并非易事。理论就是能洞察化学变化奥秘的'显微镜'。"【5】①

在 M.库里亚恰娅的文章《走过千步……》(《知识就是力量》，1985 年 6 月）【6】中化学博士基姆·彼得洛维奇·布京教授讲述道：

"……只有研究至反应机理的细节之处，才能影响其过程，获得具有已知性质的物质并预测新的反应。……化学反应通过数个阶段进行。每个阶段给出自己的中间产物，它成为反应的下一个阶段的起始产物……有时这些阶段进行得太快。它们的过程无法用镜头探知。刚刚产生的微粒瞬间就消失了。出现新的交换，但它们很快就不见踪迹，最终停止下来，过程就结束了，在研究者手中就是化学反应的结果。那么，那些在反应之初到其停止为止所闪现的，即是反应的机理。……有机化学中不同化合物的数目很久以前就超过了数百万个，相应的就有数百万

---

① 此标注为原书参考文献书目。——译者注

计的反应——这如同一个真正的丛林。而机理却寥寥无几,简直屈指可数。比较一下吧:数百万与寥寥无几!但正是机理的知识不仅使穿越有机化学的丛林成为可能,还能利用这一财富。"

1957年奥·亚·莱乌托夫教授(自1954年起)在莫斯科国立罗蒙诺索夫大学化学系有机化学教研室建立了有机化学理论问题实验室。

该实验室的成就很快就闻名世界,长期以来,这个实验室都是毕业生获得最现代化的教育的地方。在苏联国内,这里是学生们既可掌握有机化学的合成方法,也可掌握理论问题的为数不多的几个地点之一。

奥·亚·莱乌托夫领导有机化学理论问题实验室已长达30余年,而建立它不得不从"筹备阶段"开始。不管是方法还是策略都得有,还要选择进入团队的学生和战友。对所提出的问题的综合性和前景了解颇深的苏联科学院院士、莫斯科罗蒙诺索夫大学校长、苏联科学院院长及莫斯科大学化学系有机化学教研室主任亚·尼·涅斯米扬诺夫大力支持自己的学生进入此实验室。【7】

正是在这个实验室中,有机和金属有机反应的机理的基础学说得以建立并完善,所完成的反应在50年代和60年代都是首创的,并在国内外科学界引起了很大的关注。

此实验室的其他显著成果中值得注意的是新学科——物理有机化学的建立,在此之前,苏联完全没有此学科。

1958年奥列格·亚历山德罗维奇被选为苏联科学院有机

化学和示踪原子专业的通讯院士。

1962年苏联科学院通讯院士奥·亚·莱乌托夫任苏联科学院(俄罗斯科学院)元素有机化合物研究所同位素有机化学实验室主任,在这里开展了对有机化合物汞、锡、锗、金等的反应机理的研究分析。他领导该实验室直到1998年。

1964年奥·亚·莱乌托夫被选为苏联科学院(俄罗斯科学院)普通和技术化学分部的正式院士,奥列格·亚历山德罗维奇当时刚满44岁。从1963年到1971年,奥·亚·莱乌托夫担任苏联科学院普通和技术化学分部的学术秘书一职。

在莫斯科大学有机化学理论问题实验室和苏联科学院元素有机化合物研究所同位素有机化学实验室中团结起来的化学家都是一些年轻有为、有科学天赋并忠于科学的人。事实上,现在关于每一个人都可以写上一篇详尽的科学传记。在允许每位人才发展的条件下,通过大约十年坚持不懈的工作,在自由交流观念和思想的气氛中建立了基础学说,事业的开拓者和奥·亚·莱乌托夫的学生、同事不仅仅在苏联科学史上占据了牢固的地位,而且享誉海外。(图片13)

奥列格·亚历山德罗维奇建立了一个庞大的科学学派,他的十五位学生成了教授和科学博士,超过150人在其指导下完成了副博士的论文答辩。

1998年10月第2期(3837①)的《莫斯科大学报》上塔吉扬娜·沃依托维奇在《为科学的伟大献身》一文中写道:

————————

① 3837是刊物的编号。——译者注

"所有与奥列格·亚历山德罗维奇工作过的人都能注意到他领导工作的独特能力和自我管理的风格。他谁也不限制，不强迫接受其见解，不命令，然而能引导青年学者。要知道人在25—30岁时是多么想大获成功啊！他的学生，后来的同事 V.S. 彼得罗相教授认为，奥列格·亚历山德罗维奇是科学史上最民主的导师。如果他相信一个人，相信他的科学潜能，那就给予其完全的自由，仅认真观察事情的进程，如果事情'滑'的方向不对，他也并不强迫调整。奥·亚·莱乌托夫原谅了人们很多的弱点，甚至是缺乏天赋，但决不能缺乏对科学的热爱。

"奥列格·亚历山德罗维奇总是很关心积极工作的人，不使他们被日常问题分心，于是他努力对工作人员的事情做到心中有数，他了解他们的住房和财务状况，对身边的人的健康状况很关心，还记得他同事的孩子们的名字！他关心他们是否有时间和舒适的环境来进行不懈的科学研究。人们可以带着任何问题在任何时间去拜访他。一听完问题，奥列格·亚历山德罗维奇斟酌情况后，就立刻拿起电话或者起草必要的信函、申请或其他文件。"

奥列格·亚历山德罗维奇详细制定了一门几乎全新的讲座课程——《有机化学的理论问题》，并在化学系讲授该课程长达30余年。

这门一直在改进的课程被成千上万的化学系学生和博士研究生听过，很快它就在莫斯科出名了，科学院的工作人员、专程从不同城市赶来的人们、其他求学的年轻人都前来听讲。

在莫斯科罗蒙诺索夫大学生物系，奥·亚·莱乌托夫讲授有机化学课20年。从事如此大规模的讲课工作,奥列格·亚历山德罗维奇发现发号施令的嗓音与讲课的嗓音并不相同,于是他就专门在学者之家向小剧院的演员们学习发音技巧课程。在研究了"支撑气柱"①并掌握了无数绕口令后,他可以不用麦克风,就能将声音覆盖住化学大教室,而吐字仍旧清晰。

为完成下一个战略任务——为新科目撰写第一本教科书,这一任务的解决不仅在莫斯科大学,而且在整个国家的青年教育过程中都占有重要的地位,奥·亚·莱乌托夫从20世纪50年代初期就着手准备。1956年出版了第一本本国教科书——奥·亚·莱乌托夫的《有机化学的理论问题》;1964年出版了它的修订版《有机化学的理论基础》。长期以来,一代代化学家都根据这本书学习。比如奥·亚·莱乌托夫的学生,化学科学院士基·彼·布京这样说道:

"1956年,我上大学三年级,莱乌托夫出版了《有机化学的理论基础》一书。我读完之后,也明白了应该去哪里工作。"【6】

差不多过去了30年,奥·亚·莱乌托夫才准备编纂与亚历山大·列昂尼多维奇·库尔茨和基姆·彼得罗维奇·布京合著的现代新课本——四卷本《有机化学》。这一基础著作的前两卷于1999年出版,这已是奥列格·亚历山德罗维奇去世后的事情了,其问世经历了史无先例的困难而漫长的历程。作为"经典大学课本"系列的四卷本《有机化学》在2005年才得以全部出版。

这部规模堪称巨大、对三位作者而言是最后一部的著作,对

①　正确发音训练的术语,指来自横膈膜的通向头部的气流。——译者注

新一代化学工作者的教育已经做出了并且还要长期做出重要的贡献。

在奥·亚·莱乌托夫的一生中,他丰富的编辑和出版活动在科学教育与科学信息交流领域中扮演了重要角色。

1957年,奥·亚·莱乌托夫领导了外国文学出版社(后来的世界出版社)的化学编辑部,由该出版社翻译出版的国外学者的化学科学的书籍不仅仅能在高等学府和科学院的图书馆找到,而且也能在俄罗斯的很多化学工作者的"个人图书馆"中找到。

从1965年起,奥列格·亚历山德罗维奇成为苏联科学院(俄罗斯科学院)的《有机化学》杂志编辑委员会的成员,一直到80年代,他都是国际文摘杂志 *Index chemicus*(Philadelphia)编辑委员会的成员;1968年,奥·亚·莱乌托夫担任国际杂志 *Jornal of organometallic compounds*(Amsterdam)的区域出版者一职。

1977年,奥·亚·莱乌托夫成为《苏联科学院院报》杂志化学系列(《俄罗斯科学院院报》)编辑委员会的成员;从1984年起,任多卷本国际词典 *Dictionary of organometallic compounds*(Chapman-Hall)编辑委员会的成员;1985年,奥·亚·莱乌托夫作为主编投入了苏联科学院(俄罗斯科学院)《金属有机化学》杂志的工作。【9】

博学多闻、与听众交流的杰出能力,懂得四种语言以及个人魅力使得奥列格·亚历山德罗维奇不仅仅在苏联,而且在国外向听众们讲授令人记忆深刻的课程。

从1954年起(在民主德国的德国化学协会做了大会报

告),他就开始了有规律且范围广阔的旅行,包括欧洲国家、中国、美国(在那里有特别密集的详细工作计划:十天访问了不同城市的十一所大学)、印度、巴西、澳大利亚、日本等化学科学得到发展的所有地方。

在印度,奥列格·亚历山德罗维奇与小列利赫·斯维亚托斯拉夫①结识,并访问了瑜伽学校。在那里,莱乌托夫学会了一套个人体操,这位勤学苦练的学生一生都在用此锻炼。在美国,他在国内航线上失火的飞机中,从惊慌失措、互相踩踏的乘客中救出了一位妇女及其女儿。在巴黎,保安人员深夜放他进入博物馆单独欣赏印象派画家的作品。乌克兰籍的加拿大海关人员认出老乡后,兴奋地向奥列格·亚历山德罗维奇询问起家乡,并对他说:"请盖上你的箱子吧!"时任加利福尼亚大学图书馆馆长的 A.F.克连斯基,在经历过听苏联院士讲课这种新奇事之后,通过当地教授传达了想要交流的愿望。("据我所知,克连斯基先生与化学没有任何关系。"奥·亚·莱乌托夫说)。

旅行中的奇遇,气候条件的变化,为数众多的同事和友人,不同国家的语言与文化——每一次旅行都转变为引人入胜的故事。

1956 年,莫斯科大学学术委员会因通过重氮化合物合成金属有机化合物的机理的一系列工作授予莱乌托夫·奥列格·亚历山德罗维奇米·瓦·罗蒙诺索夫一等奖。

---

① 小列利赫(1904.10.23—1993.1.30),俄罗斯和印度艺术家、社会活动家、东方艺术品收藏家,苏联艺术学院荣誉成员,尼古拉·列利赫和叶莲娜·列利赫之子。——译者注,参考俄文维基百科。

1961 年,苏联科学院主席团为在汞的有机化合物领域的一系列工作授予奥·亚·莱乌托夫 A.M.布特列罗夫奖。

1984 年,据苏联共产党中央委员会和苏联部长会议的决议为"1953—1982 年发表的非过渡金属的金属有机化学领域中的研究"的一系列工作授予莱乌托夫·奥列格·亚历山德罗维奇院士列宁奖。【9】

从 1978 到 1993 年,奥·亚·莱乌托夫在莫斯科大学化学系领导了有机化学教研室;从 1993 年起直到生命结束,他都是莫斯科大学校长办公室的顾问。奥列格·亚历山德罗维奇·莱乌托夫是 1200 多部科学著作的作者,与他合著者超过 400 余人。

1988 年,奥·亚·莱乌托夫(与 L.A.阿斯拉诺夫和 V.S.彼得罗相一起)注册了编号为 344 的"非过渡元素八面体配合物中的化学键反式加固规律"的发明。

奥列格·亚历山德罗维奇·莱乌托夫在和平年代被予以表彰:因培养专家并发展科学的重大贡献被授予劳动红旗勋章(1961);因发展化学科学的重大贡献和富有成果的科学教育活动以及 50 周岁华诞被授予劳动红旗勋章(1970);因发展苏联科学的贡献以及苏联科学院成立 50 周年纪念被授予十月革命勋章(1975);因发展化学科学的重大贡献、培养科学人才以及 60 周岁华诞被授予列宁勋章(1980);因苏联在伟大的卫国战争中胜利 40 周年被授予卫国战争二等勋章(1985)。(图片 25—32)

如果没有对奥·亚·莱乌托夫院士在控制战略武器和裁军领域的活动的叙述，那么他的传记就不是完整的。20世纪50年代初期，比基尼环礁地面原子爆炸，在距爆炸地点100公里处的海上有当地的渔夫，他们观察到某些辉光，并未察觉任何更多可见的变化，就继续打鱼。回家后，渔夫们都生病了，不久他们就病逝了。这些事实为人知晓并被联系在一起时，舆论震惊了。现在我们一般都很清楚放射性沉淀物在空气、水和土壤中扩散的后果。之后又深入研究了原子打击后的情况（例如著名的"核冬天"），当时，对原子弹全面彻底的了解都会让无论身处何方的任何一个人感到自己毫无设防，因为原子弹不仅是一种巨大的破坏力量，而且早在一战中，随着空军的使用，前线与后方的界限就被完全抹去了（萧伯纳在20世纪初就述及了此事）。

的确，你可能对进行的爆炸并不知情，相距数百公里，远隔千山万水，但这并没有意义：不祥的风或水流把放射性沉淀物带给你。你和你亲近的人，大地和水，你周围的植物和它们的果实——都处在损害区，没有救援。这很可怕。

著名的法国化学家弗雷德里克·约里奥·居里了解到比基尼环礁附近渔夫死亡的情况后，就明白他不能对此置之不理。由于掌握专业信息，他比其他人更深刻地了解事情发生过程的所有细节并开始着手行动。

很明显，这是学者的分内之事，因为向世界解释危险中包含着什么，将其转换为对所有人而言都听得懂的语言，向政府提出建议，与军人对话——这是一项大规模的任务，单枪匹马无法完成。

约里奥·居里为使两位闻名世界的学界巨擘——伯特兰·罗素和阿尔伯特·爱因斯坦制定并签署致全世界学者的宣言而开始工作。一年中，他在两人之间奔走协调（两位泰斗的宣言以通信方式进行，其间最大的困难是与爱因斯坦的交谈），最终，使世界科学界的宣言发表了。1954年，此计划文件被命名为《罗素—爱因斯坦宣言》，为纪念此事还发行了纪念章。

《罗素—爱因斯坦宣言》中说，人类作为生物物种而面临灭绝的危险，即行星地球（有某些损坏，但大自然会恢复）仍存在，植物和动物（可能已改变）也存在，但Homo Sapiens（智人）物种会消失——人们不存在了。大概某些生物会在新的生态系统中进行转化，但人不行。如果我们想作为Homo Sapiens生存下去，需要忘记一切现有的意见分歧，不管它们包含了什么，要联合起来并将毁灭力量置于控制之下。

如若人们今天不这样做——明天就没有人能达成协议。需要向政府解释掌握的事实情况，然而要以可接受的阐释方式来解释。需要立刻使每个拥有战略核武器的国家遵循学者制定出的建议。

1954年，帕格沃什镇（加拿大）举行了第一届学者大会，在那里，参与国通过了《罗素—爱因斯坦宣言》，从那时起，此运动就被称为"学者争取和平及裁军的帕格沃什运动"。

镌刻在纪念章上的一句话是帕格沃什运动的宣言："Remember your humanity and forget the rest。"（记住你们的人性，忘掉其他。）

奥·亚·莱乌托夫院士、近卫军军人，这位侦察员、学者和外交家,将四分之一个世纪的时间都投入了裁军和控制战略武器的事务中。

奥·亚·莱乌托夫担任了联合国化学和生物(细菌)战问题的苏联专家(自 1969 年起);领导了苏联代表团去参加世界各地召开的帕格沃什会议(1969—1984);曾是苏联科学院主席团裁军的经济和科技问题及国际冲突研究工作组的代表(1971—1979);国际帕格沃什委员会的成员(1973—1987);帕格沃什化学和生物(细菌)武器工作组的成员(自 1973 年起)。【9】(图片 19、20)

奥·亚·莱乌托夫担任了苏联保卫和平委员会副主席一职(1974—1992);自 1969 年起在多个国家做了和平及国际安全问题的讲座。(图片 23、24)

帕格沃什运动的经验表明,哪怕受到自身灭亡的威胁,但人们的确有能力"忘掉其他"并进行自救。目前这是非常现实的经验。理智的对话、联合,数十年间专家们制定共同的决议,都是可能的,尽管参与者在文化、政治、民族和宗教上有所不同。

做好保护人类不受自身危害的准备,而且清楚地了解危险的学者是帕格沃什运动的核心,但该运动绝不是百分之百的志同道合者的联合会:不同的人、不同的组织都汇聚在这里,因此对话的过程进行得缓慢,而且经常困难重重,成果来之不易。

然而在帕格沃什运动存在的时期,世界没有一次核冲突,还达成了关于禁止在地面、水和大气三种环境中进行核武器试验的协议(只允许地下爆炸试验),世界应为这三个协议而感激帕格沃什。还达成了关于禁止使用生物(细菌)武器及部分化学武器的协议,所有这些协议都由帕格沃什运动的参与国政府签署。

只要需要,奥列格·莱乌托夫就会前往保卫自己国家的前线。当出现对 Homo Sapiens 物种的威胁时,莱乌托夫院士就开始保护星球上的每一个居民。他总是保护生命,他能分辨轻重。

作者的话

在任何一本日记中,读者感兴趣的首先是两样东西:所描述的时代和作者的个性。

战争时代的资料总能吸引人们最广泛的注意,而一个后来成为杰出学者的非凡人士所描述的战争时代以不为人知的传记材料让人颇感兴趣。

奥·亚·莱乌托夫的日记自 1941 年 9 月 1 日起,至 1943 年 3 月止。它向我们展现了伟大的卫国战争中艰苦困难的阶段,并表现了我们的部队从卡霍夫卡直到斯大林格勒走过的艰难坎坷的道路。遗憾的是,日记中有关斯大林格勒会战的描述没有出现(请想象一下,在战场上一名战士设法系统地写日记是相当困难的),但我们很了解,这场会战的胜负如何。

刚年满二十岁的年轻人在载他前往服兵役地点的火车上开始写日记。他之所以开始写日记,大概部分原因在于(正如他以后表达的那样)实施"对抗变得狂野的措施"。在他有时间的某些日子里,他较详细地描写发生的事情,而在其他时间——仅以简要的方式描写,对师司令部会议的描述基本就是速记。但我们可以同近卫军军人一起走过所有他描写的道路，可以通过他的双眼看到战争，了解他的思想、感受和希望。

他的眼光细致而且有批判性，他对发生的事情加以总体分析（甚至在没有力量握着铅笔时），迅速学习打仗并成为有经验的战士。重要的是，我们感受到了他对胜利无法抑制的决心。

长期以来，我们都觉得这本日记丢失了，尽管我们全家都知道它的存在。我甚至见过它几次，但那时阅读起来已有些难度了①。

奥列格·亚历山德罗维奇曾计划写一本有关自己参战的书，但在生命中的最后几年，他认真从事有机化学基础课本（四卷）的编写，非常希望课本在我国出版，我国的青年学生能首先得到它。奥列格·亚历山德罗维奇成功完成了课本的编写，但书在其逝世后才出版。

所以日记是有关战争的（当然是指卫国战争，但每个参战的人都有自己的战争。谁打过仗，谁就知道）他亲笔所写的唯一个人证明了。

奥列格·亚历山德罗维奇去世后留下了大量档案资料，在其个人档案中没有找到日记，直到 2009 年，在清理剩余的科学档案时，才发现了珍贵的笔记本。

莱乌托夫院士的前线日记是记在一般学生用的普通的横格笔记本上，深棕色的封面，深深泛黄的纸张上用普通铅笔写着文本。（图片 41—43）

在有些地方贴着或简单地放着从当时的报纸上裁剪下的与

---

① 指字迹不清。——译者注

日记中所写的事件相关的战地通讯员的文章。（图片44—46）

日记中有很多关于前线、国家的状况，关于自己的情况很少介绍。诸如从士兵成长为军官，以及后来军衔的提升之类的事件甚至没有提及。在照片上我们可以看到，1942年6月，奥列格·莱乌托夫已经是近卫军中尉，1943年春天是近卫军上尉。（图片48—50）

谈起自己被吸收为苏共预备党员，莱乌托夫说，1942年12月（图片53）（斯大林格勒会战，谢拉菲莫维奇战略基地）有关吸收他为正式党员的证明已经没有了，对他而言，使他记住这个事件的就是出席党的会议的人是如何提起他的（"这个莱乌托夫是多么无畏啊！什么都不怕！"）。（"别相信，其实我也怕。跟所有人一样怕。不过不让恐惧控制自己罢了。"奥·亚·莱乌托夫说。）

众所周知，从1942年秋天起，德国人将我军有党员证的被俘战士不经审查就地处决。我们也知道，红军战士丢失党员证要受到严厉的惩罚。奥·亚·莱乌托夫只有一次看到这项规定是如何被违反的：一名伤员落水了，同志赶去救了他。装在军用衬衫里的党员证被泡涨了，弄坏了，但组织立刻就在原地给救援者开了新的党员证。所有这一切就在全团眼前发生了。

在斯大林格勒会战中，奥列格·莱乌托夫严重挫伤，被弹片（炮弹碎片）击中，在失去知觉的状态下被送往靠近前线的医院。醒来后发现伤口包扎得很好，手足都可以动，医生准备给他输血，近卫军上尉从医院跑了出来，找到了自己的部队，继续战斗。

20世纪80年代中期,在对他进行胸腹腔手术前的固定检查时才发现,奥列格·亚历山德罗维奇的血液中有阴性Rh因子(已经知道血型是O型)。甚至在和平时期,这种血只能在军人中找到,而在斯大林格勒,这样的血型会使输血危及生命。

(要提醒一下,在我们所描写的时代,Rh因子尚未被发现。这种一直被评价为"典型的顿涅茨克捣乱行为"是直觉感强的表现①),在日记中没有体现。

从证明中(图片52)我们可以看到,根据苏联最高苏维埃主席团1942年11月22日的命令(事实是,奖章在1944年1月才颁发),奥列格·莱乌托夫被授予"保卫斯大林格勒"奖章,但这个事件在日记中却没有记录。他对本人的军事前途甚至可能的牺牲是如此不感兴趣,以至于他根本不给予书面记录!他感兴趣的是,我军何时最终进攻,如何更有效地打击法西斯。

此外,关于自己他是了解的,所以他记录那些对他个人而言重要的、帮助分析事件和驾驭情况的东西。在那漫长的战争时期,近卫军军人完全没有把将近七十年后会有人阅读他的前线笔记奉为写作方针。

日记中最后的笔记是在1943年3月8日。它是用墨水写的:1943年2月,奥列格·莱乌托夫从师里调走并被任命为第三侦察近卫军化学工业处的主任助理。从这时,他开始了军司令部中的专业侦察员之路,从1944年春天起,在前线司令部,他删除了日记前言。侦察员只能写回忆录,但这没有实现。

---

① 指莱乌托夫负伤后,在不知道自己是Rh阴性血的情况下跑出医院,避免了可能致命的输血。——译者注

尽管整个战争期间，笔记本都放在军用挂包里（在战线交汇时，它和其他文件及个人物品一样被上交了），但它相对保存完好。

正文保存的情况不一。很多页面尽管写得很紧凑，但笔迹清晰（是为了节省位置），可以很容易辨认。其他的页面褪色严重，字迹模糊，要辨认出所写的字迹需要相当长的时间。

日记的笔迹根据其从青年到成年的书写方式而改变，在最后三分之一的日记中，字体变得非常小而且难以辨认（笔记本用完了）。所写内容的相当一部分（字母几乎磨掉或由于严寒、疲劳、光线不足而导致模糊不清的部分）需要细致辨认，因为阅读这些词句简直是不可能的。

文本中会遇到德语单词和乌克兰语的句子。奥列格·亚历山德罗维奇在学校和战场上学过德语，而他是在乌克兰出生的。

通常奥列格·亚历山德罗维奇注明了完整的记录日期，带有年份。刚开始，年份写了几次，后来就缩减了，略去了年份。在其所提供的文本中，我们将完整的日期用斜体标出。

无法阅读的词句和字母不多，我们在脚注中对它们进行了说明。日记的风格是言简意丰，它很容易让人想起有大量缩写和略语，倾向于将最大量的信息放入最小篇幅中的现代电脑交流模式。当然，某些地方只有它们的作者能向我们解释清楚。这本日记是非常个人化的，例如，与只标出姓名首字母的人们的会见，几乎只标明记忆界标的事件——它是写给自己的，其中有些对我们来说仍是不可知的。这在研究档案文件时会发生，这些谜并非都能解开。

日记的正字法(例如多次提及的"чорт"用"o"①)没有做改变,只稍微改正了标点符号,我猜测,写作者不过是顾不得管标点而已。

对文本和当时语言的爱惜态度使前线日记的特色与真实性得以保存。

在致读者的话结尾之际,我要向所有以行动和建议在此项工作中给予帮助的组织和人士表达谢意。

我感谢我的丈夫,因他在手稿研究阶段给予了我不变的支持,瓦连京·安德烈耶维奇·祖依科夫(与奥列格·亚历山德罗维奇·莱乌托夫有超过20年的亲人般的友谊),他是所提供的研究资料的第一位读者。《缩写词表》很大程度上是他编制的,他还找到了战斗的军事地图。

我的朋友——叶莲娜·尼古拉耶夫娜·巴布什金娜,从童年起就与我的父母相识,对日记的辨认过程表现出了专注的兴趣并成为它的第二位读者。她读后的感想成了我写作补充章节——《关于斯大林格勒会战》的论据之一。

因对出版日记的设想给予了无条件的支持,我向莫斯科罗蒙诺索夫大学化学系系主任、俄罗斯科学院院士瓦列里·瓦西里耶维奇·卢宁和俄罗斯科学院亚·尼·涅斯米扬诺夫元素有机化合物研究所主任、俄罗斯科学院院士尤里·尼古拉耶维奇·布布诺夫致以特别的感谢。因在制作配图的插画资料集时

---

① 此单词的正确写法为чёрт,本文中提到的写法虽与正确的不一致,但读音相同。——译者注

给予了帮助以及对工作主题显示出的兴趣，我对俄罗斯科学院亚·尼·涅斯米扬诺夫元素有机化合物研究所亚·尼·涅斯米扬诺夫院士的办公室纪念博物馆的职员列昂诺娃·叶莲娜·维克托洛夫娜和古梅纽克·薇拉·维亚契斯拉沃夫娜，以及摄影师斯捷潘诺夫·安德烈·亚历山德罗维奇表示感谢。(原文 25页)

因在文件原件研究中的合作，我还要向博贝列娃·伊丽莎白·谢尔盖耶夫娜致以谢意。

塔季扬娜·莱乌托娃

战前生活

　　1920 年 9 月 5 日,在乌克兰顿巴斯马基耶夫卡的一个矿工家庭,莱乌托夫夫妇——亚历山大·尼古拉耶维奇和安娜斯塔西亚·马卡洛夫娜生了儿子奥列格。在上学的最初几年中,这个有才能的男孩学得轻松成功,但像通常那样,他用扰乱学校纪律的方式迎接过渡年龄。这是"快乐的顿涅茨克捣乱",无恶意的、不令人气恼的,但让整个班级和教师都乐得肚子疼。自然,结果是课程中断、缺学时、成绩下降以及请家长去学校。(安娜斯塔西亚·马卡洛夫娜原则上没有因这种理由去过学校,她只有在听人们夸奖孩子的时候才出现。)

　　最后,要开除奥列格·莱乌托夫时,他的化学老师进行了干预,因为化学是他唯一一门成绩总是优秀的课程。老师跟这位他认为有天赋的并且信任的学生谈了谈,说服他开始认真学习并准备继续学下去。或许是这次谈话起作用了,或许与热爱的化学相比,闹着玩已经枯燥无味了,反正奥列格·莱乌托夫的行为发生了急剧改变。人生的道路开始呈现出来了。

　　十年级时,他已经成为了一位有把握获得金质奖章的优秀

生、班级的共青团小组长，读过大量书籍，被化学吸引终生的青年人。（图片33、34）

1937年，在十年制学校毕业后的奥列格·莱乌托夫来到莫斯科，进入德·伊·门捷列夫化学技术学院学习。这是他的一段鲜为人知的生平事实。莱乌托夫在这所学院学习了大约三个月后，他明白这不是他的学校，于是就转入了莫斯科米·瓦·罗蒙诺索夫国立大学化学系。

那时大学坐落在莫霍瓦娅街（据我们熟知的麻雀山上的建筑建成还有15年），而宿舍在斯特罗梅恩卡街和玛莎·波雷瓦耶娃街上，图书馆也在那里。莱乌托夫忙于赶时间、钻研学业，他学得兴致勃勃，几乎到了忘我的地步。据同年级同学的回忆，如果奥列格·莱乌托夫打算学习，就不可能把他拉到别的地方去。从那时起，他就养成了制订计划并遵循计划的习惯，并终生保持着这个习惯。

同时奥列格经常从事体育运动和锻炼。比如，三年级时他是莫斯科大学的跳高冠军。（过去了数十年，在战后，医生发现，他膝盖的结构十分少有——有附加的韧带，就像我国著名的跑步运动员弗拉基米尔·库茨一样。）

莱乌托夫曾参加跳伞小组，有一次从飞机上完成了跳跃。（结果他在前线曾数次跳伞。）

莱乌托夫的学生记分册里只有一种评分——优秀。这是他的运动，他的博弈。考试被理解为应该表现的剧场和取得胜利的战场。（图片35—37）

就这样过了四年。1941年6月22日，在五年级的升级考试结束后,战争爆发了。

奥列格·莱乌托夫立刻前往兵役委员会,要作为志愿者去前线。但前线不接收还没有毕业的学生,而且只接收在 1918 年前出生的人。那时他作为自学考生完成了五年级的考试,考试那天,敌人对莫斯科的第一轮空袭开始了。这给招生委员会带来了强烈的影响,而莱乌托夫轻松地完成了考试。

他在兵役委员会进行了第二次尝试,但他的请求再次被拒绝了! 大学毕业生①先被送到潜水艇厂(这是首次被公布的生平事实),他在那里做工程师——就这样在门捷列夫斯基度过了大约两个月。

结束了工厂的工作,又进行了十一天队列训练后,奥列格·莱乌托夫终于被送往了前线。

---

① 指莱乌托夫。——译者注

O.A.莱乌托夫的简要战时生平

他应莫斯科米·瓦·罗蒙诺索夫国立大学化学系社会组织的要求而写

出现一些困难后,1941 年 8 月,苏联列宁共产主义青年团区委帮助我们——莫斯科大学化学系的三个学生——获得了作为志愿者去前线的许可。

9 月 1 日,我已投入了南方前线(在第 96 山地步兵师旁边)卡霍夫卡的战斗中了。我对我的排长——现役军官鲁琴科中尉(1942 年 5 月被杀害)感激良多。

利用相对短暂的平静,他向我传授了大量经验,并在我从平民向士兵的快速转变中给了很多帮助。

整个战争中印象最深刻的是什么?记得那困难重重的防御战,那时日与夜没有分别;记得撤退的苦涩;还记得 1942 年 7 月,斯大林严厉但必要的《不后退一步》的第 227 号令;还有入党。

记得斯大林格勒保卫战。最后,还记得阴沉但幸福的 11 月

19 日,在来自谢拉菲莫维奇进攻基地的我方步兵进行了歼灭性的炮火准备和攻击后,在对敌人绝对保密的情况下,我师团隶属的第 5 坦克集团军的密集的 T—34 坦克群进行了突破。

1942 年底,最高统帅部得知了德国人准备使用化学武器的消息。1943 年 2 月,我从师里被召回,并被任命为第三侦察近卫集团军化学工业处副主任。1944 年春,我被授予近卫军少校军衔,并被调往前线司令部。1945 年,我以乌克兰第四方面军行动侦察工作的化学工业处副主任的职务结束了军旅生涯。

1945 年 5 月 9 日,所有苏联前线上最后的射击都沉寂了,在捷克斯洛伐克我们为消灭拒绝投降的舍纳尔元帅的德军集群几乎又持续了两天战斗。8 月 23 日,前线军事委员会同意了我退伍的请求,很快我就得以返回化学系,回到心爱的化学研究中。

图片说明一

　　图片 1. 莫斯科大学化学系有机化学教研室助理奥列格·亚历山德罗维奇·莱乌托夫与自己的学位论文导师亚历山大·尼古拉耶维奇·涅斯米扬诺夫院士在一起。莫斯科大学莫霍瓦娅街上的旧址。1947 年春

　　图片 2. 与亚·尼·涅斯米扬诺夫院士一起在列宁山的莫斯科大学新址的建筑工地上。左一为伊万·福米奇·卢岑科(后来的化学系教授及系主任)。1951 年 10 月

　　图片 3. 在化学系。照片上从奥·亚·莱乌托夫副博士(居中)向右：亚历山大·彼得罗维奇·捷连季耶夫教授、苏联科学院通讯院士德米特里·尼古拉耶维奇·库尔桑诺夫，左一为教授(后来的苏联科学院院士)伊万·柳特维戈维奇·科务恩尼扬茨。1953 年 5 月 8 日

图片 4. 有机化学教研室的工作人员。化学博士奥·亚·莱乌托夫(坐者左一)、E.G.佩列瓦洛娃(后来的教授,坐于莱乌托夫右侧者)、A.N.涅斯米扬诺夫院士(坐,居中)、N.K.科契特科夫,后来的苏联科学院院士(莱乌托夫身后的站立者)。1953 年 5 月

图片 5. 拉希尔·哈茨科夫娜·弗列伊德琳娜的副博士论文答辩，学位论文答辩人拉希尔·哈茨科夫娜(居中)、奥·亚·莱乌托夫(前排站立五人中居右二)、亚·尼·涅斯米扬诺夫(前排五人中居右三)、E.G.佩列瓦洛娃(图片中右二)、R.V.戈洛夫尼亚(前排五人中左二)，I.F.卢岑科(前排五人中居左一)。在工作情况下的庆祝。1953 年 5 月

图片6. 20 世纪 50 年代奥列格·亚历山德罗维奇的博士研究生——来自中国的吴养洁(后来的郑州大学教授)

图片 7. 在论文答辩会上。1955 年 5 月

图片 8. 照片上奥列格·亚历山德罗维奇(居中)右侧——他的博士研究生尤里·格列博维奇·本杰尔(后来的化学博士、教授)。1959年 3 月

图片 9. 奥·亚·莱乌托夫(左二),尤·格·本杰尔(站),O.A.普季岑娜——后来的化学博士(右一)。1955 年 1 月

图片 10. 研究有机化学理论问题阶段的起点。实验室主任的证件照。奥·亚·莱乌托夫教授。1957 年

图片 11. 在"世界"出版社。《化学》编辑部主任、通讯院士奥·亚·莱乌托夫。20 世纪 60 年代初期

图片 12. 在学术委员会上

图片 13. 有机化学理论问题实验室。站立者(从左至右)：布京·基姆·彼得罗维奇、古德科娃·安娜斯塔西亚·谢苗诺夫娜、本杰尔·尤里·格列博维奇、彼得罗相·瓦列里·萨姆松诺维奇、索科洛夫·维亚切斯拉夫·伊万诺维奇、卡济岑娜·莉季娅·亚历山德罗夫娜、涅斯米扬诺夫·尼古拉·亚历山德罗维奇、阿尔塔姆金娜·加琳娜·安尼西莫夫娜、库尔茨·亚历山大·列昂尼德维奇。前排坐着的人(从左至右)：斯莫林娜·塔季扬娜·亚历山德罗夫娜、莱乌托夫·奥列格·亚历山德罗维奇、别列茨卡娅·伊琳娜·彼得罗夫娜、普季岑娜·奥尔加·亚历山德罗夫娜。1972 年

图片 14. 1964 年苏联科学院最年轻的院士奥·亚·莱乌托夫

图片 15. 以学年开始为主题的莫斯科大学的集会。旗手——奥·亚·莱乌托夫院士。1984 年 9 月 1 日

ГОСУДАРСТВЕННЫЙ КОМИТЕТ СССР ПО НАРОДНОМУ ОБРАЗОВАНИЮ

Московский ордена Ленина, ордена Октябрьской Революции и ордена Трудового Красного Знамени государственный университет имени М. В. Ломоносова

ПРИКАЗ

4 сентября 1990 г.   № 3145 к

⌐   ¬

Исполняется семьдесят лет доктору химических наук, лауреату Ленинской премии, заведующему кафедрой органической химии химического факультета, академику Олегу Александровичу РЕУТОВУ.

О.А.Реутов – выдающийся советский химик. Его научная, педагогическая и научно-организационная деятельность является примером органической связи фундаментальных исследований и требований практики. Основные научные направления академика О.А.Реутова касаются исследований по металлоорганической и физической органической химии.

Большое внимание уделяет О.А.Реутов подготовке и воспитанию высококвалифицированных научных кадров.

О.А.Реутов успешно сочетает научно-педагогическую деятельность с научно-организационной работой: с 1978 года он возглавляет кафедру органической химии, многие годы был заместителем академика-секретаря Отделения общей и технической химии АН СССР, основал советский журнал "Металлоорганическая химия", являясь его главным редактором. Большое признание получила общественная и государственная деятельность О.А.Реутова в качестве эксперта ООН по химическому оружию, члена Международного Совета Пагуошского комитета, заместителя Советского комитета защиты мира.

Признанием его высоких научных заслуг стало избрание действительным членом Академии наук СССР.

О.А.Реутов – участник Великой Отечественной войны. Награжден орденом Ленина и другими орденами и медалями.

Поздравляю Олега Александровича с днем рождения!

За большие заслуги в научной, педагогической и общественной деятельности в Московском университете объявляю ему благодарность. Желаю доброго здоровья и новых творческих успехов.

И.о.ректора
Московского университета
профессор   В.А.Садовничий

L   ⌟

图片 16. 校长的命令（内容是祝贺奥・亚・莱乌托夫院士七十寿辰）。1990 年

图片 17. 在苏联科学院主席团与苏联科学院院长姆斯季斯拉夫·弗谢沃洛多维奇·克尔德什(居中)在一起。20 世纪 70 年代初期

图片 18. 奥列格·亚历山德罗维奇在莫斯科大学化学系 425 房间他的办公室内。1986 年

图片 19.国际控制裁军和军备暑期学校。由意大利的里雅斯特的帕格沃什小组组织。弗拉斯卡季,罗马。1970 年

图片 20. 帕格沃什化学和细菌武器学术讨论会苏联代表团团长 O. A.莱乌托夫(左一)与妻子 N.V.梁赞诺娃(医学区代表)在一起。瑞典，1979 年

图片 21. 奥·亚·莱乌托夫院士(左一)和郑州大学教授吴养洁(后来为中科院院士)在莫斯科大学化学系列宁奖金获得者的荣誉墙前合影。1995 年

图片22. 为纪念1954年的伯特兰·罗素——阿尔伯特·爱因斯坦宣言而发行的纪念章。可以很清楚地看到长期以来成为帕格沃什运动实践大纲的"Remember your humanity and forget the rest"（记住你们的人性，忘掉其他）的宣言

图片 23. 奖给和平斗士。苏联保卫和平委员会

图片 24. 在控制裁军和军备工作时期奖给 O.A.莱乌托夫院士的纪念牌和奖章

图片 25. "米·瓦·罗蒙诺索夫一等奖"获得者的奖章。1956 年

图片 26. 劳动红旗勋章。1961 年

图片 27. 劳动红旗勋章。1970 年

图片 28. 十月革命勋章。1975 年

图片 29. 列宁勋章 1980 年

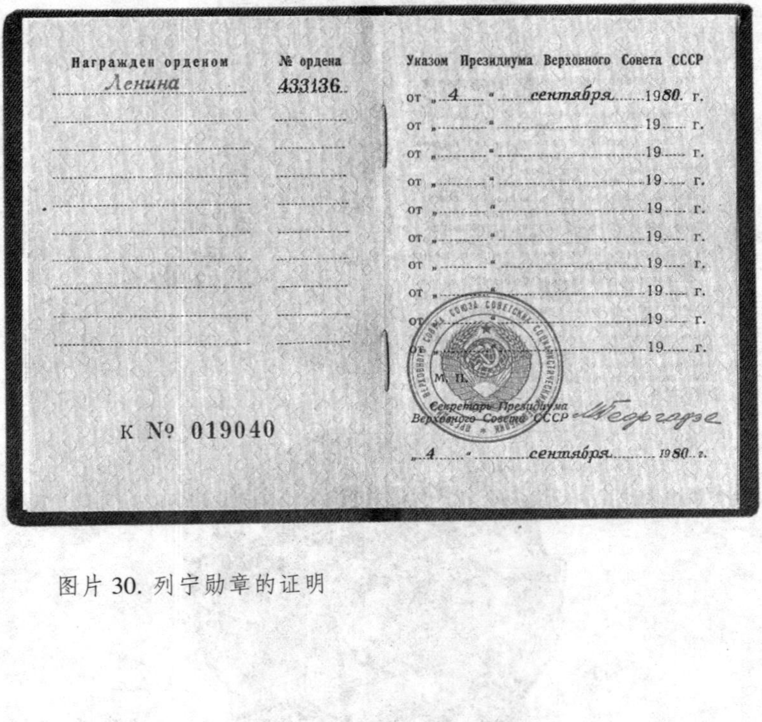

Награжден орденом — Ленина

№ ордена — 433136

К № 019040

Указом Президиума Верховного Совета СССР

от „4“ сентября 1980 г.

М. П.

Секретарь Президиума Верховного Совета СССР

„4“ сентября 1980 г.

图片 30. 列宁勋章的证明

图片 31. 列宁奖金获得者的奖章。1984 年

图片 32. 列宁奖金获得者的奖章的证明

图片 33. 马基耶夫卡市第三中学十年级共青团小组长奥列格·莱乌托夫。1937 年

图片 34. 中学应届毕业生。1937 年夏

　　图片 35. 莫斯科 M.N.波克罗夫斯基国立大学(后来的莫斯科米·瓦·罗蒙诺索夫国立大学)化学系学生奥·亚·莱乌托夫的记分册。1937—1941 年

图片 36. 全是"优秀"。

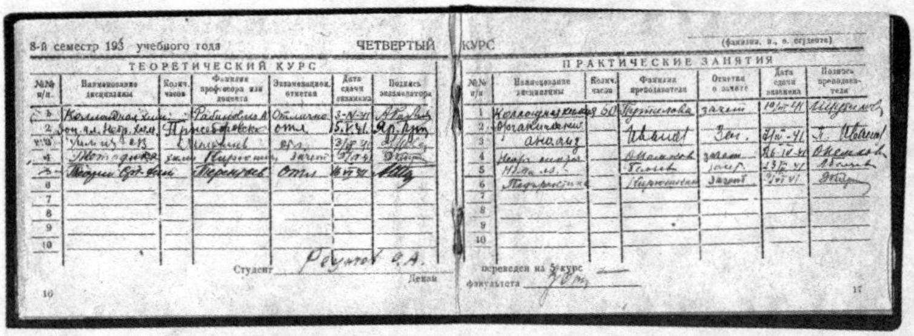

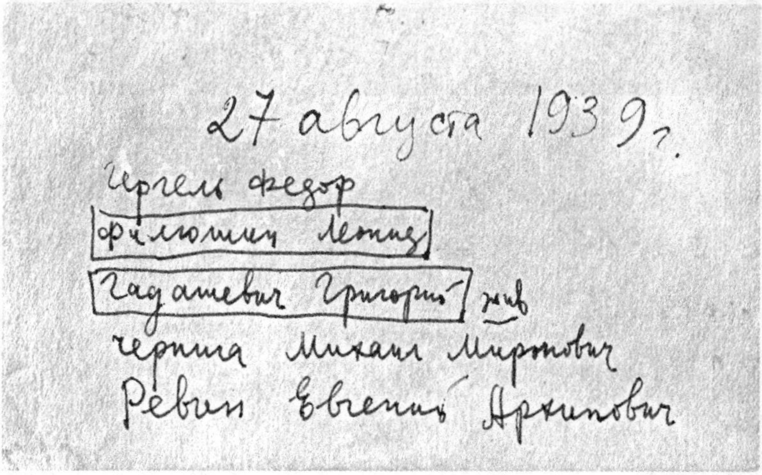

图片 37. 五年级。战前的最后一个学期

图片 38. 1939 年幸福的夏天。奥列格·莱乌托夫——后排左一。背面的文字："格尔格利·费奥多、费洛申·列昂尼德、加达舍维奇·葛里戈利、切尔尼加·米哈伊尔·米隆诺维奇、列温·叶甫根尼·阿尔希波维奇。"莫斯科,1939 年 8 月 27 日

图片 39. "苏联登山运动员"证明。巴克桑、伊尔克奇、什赫利达山……。1939 年

图片 40. 莫斯科大学化学系二年级。奥列格·莱乌托夫在第二排右二。1938—1939 年

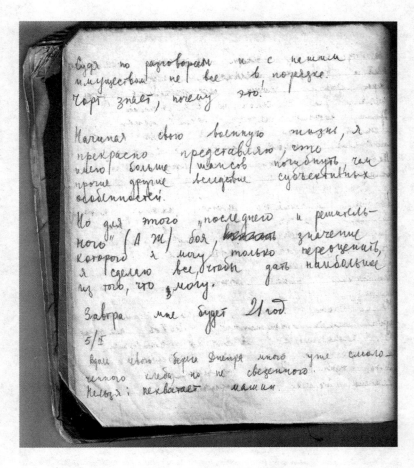

图片 41. 奥列格·莱乌托夫前线日记前几页的一张原件。文本我们完全可以阅读

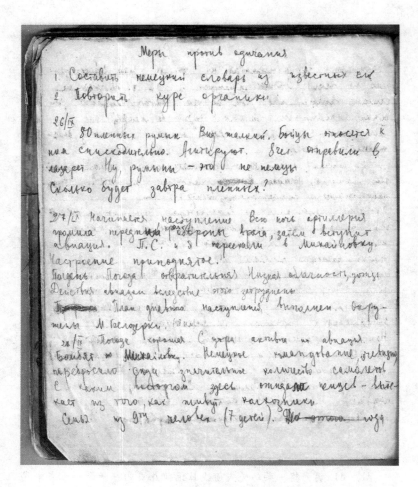

图片 42. 奥・莱乌托夫日记的一页。原件。1941 年 9 月。可注意到空间的节省和笔迹上的改变

图片 43. 奥·莱乌托夫日记的一页。原件。1942 年 12 月—1943
年 2 月。我们可辨明文本不重要。可注意到有污损

图片 44. 一些剪报被紧紧地粘在文本上(T.什罗科夫的《光荣的战斗之路》)。在文章的开头处可以看到奥·莱乌托夫亲手用铅笔标出的"209—38 Гв"

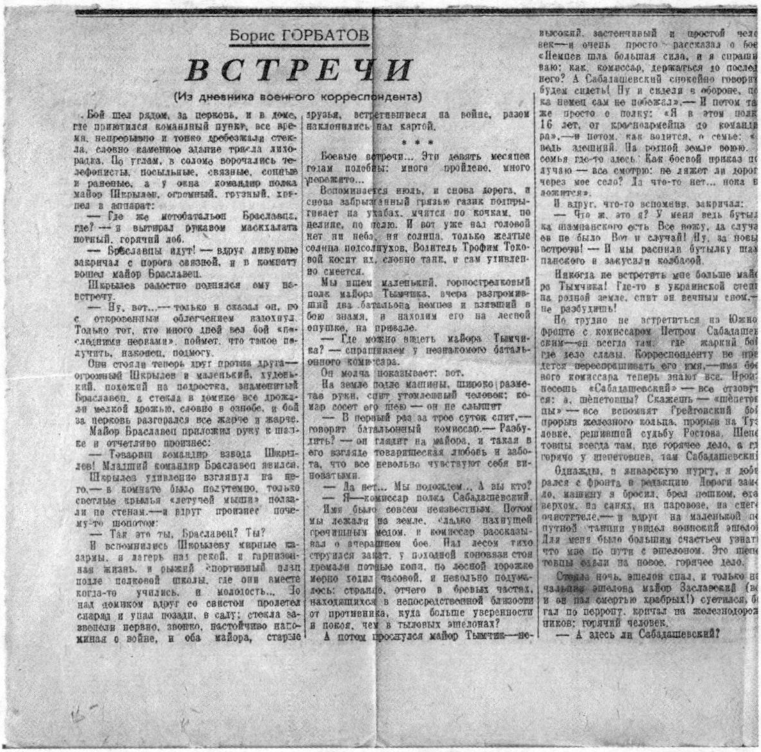

Борис ГОРБАТОВ

ВСТРЕЧИ

(Из дневника военного корреспондента)

Бой шел рядом, за церковь, и в доме, где приютился командный пункт, все время, непрерывно и тонко дребезжали стекла, словно каменное здание трясла лихорадка. По углам, в соломе ворочались телефонисты, посыльные, связные, сонные и раненые, а у окна командир полка майор Шкрылев, огромный, грузный, хрипел в аппарат:

— Где же мотобатальон Браславца, где? — и вытирал рукавом маскхалата потный, горячий лоб.

— Браславцы идут! — вдруг ликующе закричал с порога связной, и в комнату вошел майор Браславец.

Шкрылев радостно поднялся ему навстречу.

— Ну, вот...— только и сказал он, но с откровенным облегчением вздохнул. Только тот, кто много дней вел бой «последними нервами», поймет, что такое получить, наконец, подмогу.

Они стояли теперь друг против друга— огромный Шкрылев и маленький, худенький, похожий на подростка, знаменитый Браславец, а стекла в домике все дрожали мелкой дрожью, словно в ознобе, и бой за церковь разгорался все жарче и жарче.

Майор Браславец приложил руку к шапке и отчетливо произнес:

— Товарищ командир взвода Шкрылев! Младший командир Браславец явился.

Шкрылев удивленно взглянул на него,— в комнате было полутемно, только светлые крылья «летучей мыши» ползали по стенам,—и вдруг произнес почему-то шопотом:

— Так это ты, Браславец? Ты?

И вспомнились Шкрылеву мирные казармы, и лагерь над рекой, и гарнизонная жизнь, и рыжий спортивный плац подле полковой школы, где они вместе когда-то учились, и молодость... Но над домиком вдруг со свистом пролетел снаряд и упал позади, в саду; стекла зазвенели нервно, звонко, настойчиво напоминая о войне, и оба майора, старые друзья, встретившиеся на войне, разом наклонились над картой.

* * *

Боевые встречи... Эти девять месяцев годам подобны: много пройдено, много пережито...

Вспоминается июль, и снова дорога, и снова забрызганный грязью газик подпрыгивает на ухабах, мчится по кочкам, по целине, по полю. И вот уже над головой нет ни неба, ни солнца, только желтые солнца подсолнухов. Водитель Трофим Токовой косит их, словно танк, и сам удивленно смеется.

Мы ищем маленький, горнострелковый полк майора Тымчика, вчера разгромивший два батальона немцев и взявший в бою знамя, и находим его на лесной опушке, на привале.

— Где можно видеть майора Тымчика? — спрашиваем у незнакомого батальонного комиссара.

Он молча показывает: вот.

На земле подле машины, широко разметав руки, спит утомленный человек; комар сосет его шею — он не слышит

— В первый раз за трое суток спит,— говорит батальонный комиссар.— Разбудить? — он глядит на майора, и такая в его взгляде товарищеская любовь и забота, что все невольно чувствуют себя виноватыми.

— Да нет... Мы подождем... А вы кто?

— Я—комиссар полка Сабадашевский.

Имя было совсем неизвестным. Потом мы лежали на земле, сладко пахнущей гречишным медом, и комиссар рассказывал о вчерашнем бое. Над лесом тихо струился закат, у походной коновязи стоя дремали потные кони, по лесной дорожке мерно ходил часовой, и невольно подумалось: странно, отчего в боевых частях, находящихся в непосредственной близости от противника, куда больше уверенности и покоя, чем в тыловых эшелонах?

А потом проснулся майор Тымчик—не-
высокий, застенчивый и простой чело
век—и очень просто рассказал о бое
«Немцев шла большая сила, и я спраши
ваю: как, комиссар, держаться до послед
него? А Сабадашевский спокойно говорит
будем сидеть! Ну и сидели в обороне, по
ка немец сам не побежал».— И потом та
же просто о полку: «Я в этом полк
16 лет, от красноармейца до командир
ра»,—и потом, как водится, о семье: «
ведь здешний. На родной земле воюю.
семья где-то здесь. Как боевой приказ по
лучаю — все смотрю: не ляжет ли дорог
через мое село? Да что-то нет... пока в
ложится».
И вдруг, что-то вспомнив, закричал:
— Что ж, это я? У меня ведь бутыл
ка шампанского есть. Все вожу, да случа
ев не было. Вот и случай! Ну, за новы
встречи! — И мы распили бутылку шам
панского и закусили колбасой.
Никогда не встретить мне больше май
ра Тымчика! Где-то в украинской степи
на родной земле, спит он вечным сном,—
не разбудишь!
Но трудно не встретиться на Южно
фронте с комиссаром Петром Сабадашев
ским—он всегда там, где жаркий бой
где дело славы. Корреспонденту не при
дется переспрашивать его имя,—имя бо
вого комиссара теперь знают все. Прои
несешь «Сабадашевский» — все отзовут
ся: а, шёпетовцы? Скажешь — «шёпетов
цы» — все вспомнят Грейговский бой
прорыв железного кольца, прорыв на Ту
ловке, решивший судьбу Ростова. Шепе
товцы всегда там, где горячее дело, а г
горячо у шепетовцев, там Сабадашевски
Однажды, в январскую пургу, я доб
рался с фронта в редакцию. Дороги зам
ло, машину я бросил, брел пешком, еха
верхом, на санях, на паровозе, на снег
очистителе,— и вдруг на маленькой п
путной станции увидел воинский эшело
Для меня было большим счастьем узнат
что мне по пути с эшелоном. Это шепе
товцы ехали на новое, горячее дело.
Стояла ночь, эшелон спал, и только н
чальник эшелона майор Заславский (в
и он пал смертью храбрых!) суетился, б
гал по перрону, кричал на железнодорож
ников; горячий человек.
— А здесь ли Сабадашевский?

图片 45. 可以见到放在日记固定位置的文章的剪报。鲍里斯·戈尔巴托夫的文章《相遇》的片段

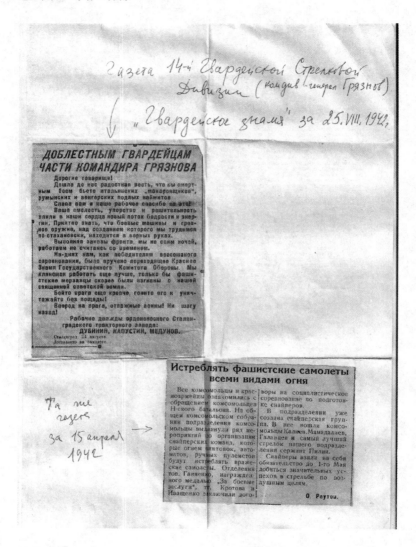

图片 46. 放在日记内的书写纸上粘着两份小剪报。纸上是奥·
亚·莱乌托夫手写的标注。下方是奥·亚·莱乌托夫的短评,在第 14
近卫军步兵师的《近卫军旗帜》报(1942 年 4 月 15 日)上发表

图片 47. 奥列格·莱乌托夫(左一)在去前线前与朋友和同年级同学尤里·日丹诺夫的合影。1941 年 8 月

《日记》

1941

1/Ⅸ.41　　　　　　　　　　　1941 年 9 月 1 日①

临近前线地带的第一天。

巴甫洛格勒。

早上:《公民》。

早饭时射击单人飞机。

当地的勇士躲在车厢下面。

对莫斯科多么感兴趣啊!

最好的朋友是少校。

波克罗夫斯克耶。

"问询处"

问询。当地的缪恩赫豪森狩猎故事。

---

① 左侧日期——日记的原始日期;右侧日期——作者辨识的日期。

驱赶连队等等(内衣和罗马尼亚人)。

必要的伪装。

"梅塞施密特"①和"密斯特施密特"。

给军队司令部的工作人员上课。他们对专业了解得少(理论上)。

要派到哪里?

3/Ⅸ   1941 年 9 月 3 日

我去 150 公里以外西南方的 N② 地。

当然带着机枪和装有易燃混合物的瓶子。

P.留在这里。

一场大雨过后立刻雨过天晴,为什么艺术家们用乌克兰肮脏的道路来表现悲伤的主题(库因金③《楚曼茨克的路》)?

卡丘宾斯基——"брудлі і розгрузлі"④。

要安稳地在这条路上行驶,所需不多:后轮上有两条链子就行。

而这些链子不知为什么在大多数汽车上都没有。汽车队就停在泥泞中。

缺乏组织性,训练水平不高的情况很突出。

已收割的还未脱粒的粮食就放在地里,同时村子里很多女人无所事事地坐着。

---

① 即 Bf109 战斗机。——译者注
② 本书中出现的字母 N 均表示保密的、不便说出的含义。
③ 库因金,俄罗斯画家,风景写生大师。——译者注
④ 乌克兰语。——译者注

"队长都猜不出,难道婆娘们能想出来?"①我们留下吃午饭的那家的女主人这样说。

居民们的关系非常好。从巴甫洛格勒到 P. 的路上,我们一路都受到欢迎,还收到了大量苹果。

姑娘们、女人们、孩子们都高兴地向每一辆载着战士的汽车挥手,要知道已经是第三个月有汽车路过了。

可以随时得到食品。

坦克不多,路上几乎没有马鞍、刀刃等。

谈话中得知,我们的财产并非全都安全。鬼知道这是为什么!

一开始自己的战争生活,我就非常明白,由于个人的特点,我比其他人牺牲的可能性更大。

但为了这场"最后的和决定性的"(A.Zh)² 斗争,我刚刚重新评估了其意义,我尽可能付出一切。

明天我就 21 岁了。(图片 41)

5/Ⅸ   1941 年 9 月 5 日

第聂伯河左岸已经有很多已脱粒但还没有运走的粮食。

不行,汽车不够。

在这一边德国人坚持把粮食脱粒再运走。

磨坊关了。

---

① 原文为乌克兰语。——译者注

越过第聂伯河,德国人被运到了两个地方。第聂伯河附近的力量达到了两个师。

命令:不惜任何代价打回去。

要打起来了。所有战士的情绪都是平静而有战斗性的,大概有些凶狠。谢天谢地,像索尼·L那样歇斯底里的个体在靠近前线的地方还没有。

德国人用某种烟雾(不同颜色的:褐色、紫色、黑色)的气流反击我方的歼击机。这种物质造成对飞行员的刺激,继而导致飞行员的昏厥。

必须抓到"舌头"(即俘虏)。

很显然,在N地段,德国人采用易分解的有毒物质攻击我方的永备火力点。位于永备火力点的人打电话通知说,他们戴着防毒面具,他们被什么东西下了毒。

没有人回来。

反正设备已经不重要了。

某个居民点的输电线(来自弗谢赫斯维亚茨基的有轨电车)。没有炮兵火箭弹和军用炸药包。

1营没有指挥车。

多余的3和4号。战士们的谨小慎微。

7/Ⅸ   1941年9月7日

如果我没有弄错斯捷潘诺夫……①

_____

①　以下字母辨认不清。此处及以下(若未标明译者注)均为T.O.莱乌托娃(作者)的注释。

尼科波尔①。我有段时间曾在德国人那里(确切地说,是在匈牙利人那里)。轻骑兵大尉——厨师。

与埃普施坦因的谈话。

8/Ⅸ   1941 年 9 月 8 日

明天终于要去师里了。

军队里最好的师(如果不是在所有前线上)。

昨天小组渡过第聂伯河进攻德国人,并烧毁了他们 4 辆坦克。

他们装过巧克力的盒子不知为什么很少。

10/Ⅸ   1941 年 9 月 10 日

还在军队司令部疗养地。不过时不时能听到排炮轰击声和偶尔(晚上)飞快驶过的敌方汽车声。

根据这些情况可以判断,第聂伯河沿岸正进行着最残酷的战斗。

从斯摩棱斯克战线传来了好消息。如果那里的胜利继续下去的话,那么我们这里的前线也会受影响(当然,首先是在列宁格勒战线)。瓶子是很有效的工具。但是从 F 站……赶到了尤尔卡³的姑妈那里。鬼知道是怎么回事!

很显然,就快用到我所学的知识了。

---

① 乌克兰城市。——译者注

12/IX　　　　　　　　　　　　1941 年 9 月 12 日

关于运到卡霍夫卡附近的三个师的传言。

三个被俘的德国人。一个大约 35 岁的士官,显然经历了所有的战役。另外两个大约 20 岁。

看着他们,我明白了什么是梅奇克的文化修养。很明显这三个人都是无可救药的希特勒分子(他们是在负隅顽抗之后被俘的)。他们当然在乡村城市里大肆烧杀抢掠,但我却很难向他们开枪射击。但我希望,这些"人道"的动机在我身上是最后一次显现。

为了保卫所有民族(也包括德意志民族)数百万这样的小伙子的生命,为了清除资本主义社会的噩梦之根源,即给大批人们带来死亡的战争,需要毁灭几百万的这些匪徒。这是必须的,就像消灭患上马鼻疽的马一样,否则所有剩下的都得死。比喻并不恰当。因为这些马值得同情,这不是它们的错。

莫斯科。何时能看到你?我多么爱这座城市!爱她喧闹的街市、红色的五星、公园、河流、灯火。在战争的日子里,没有了光亮和可引起复仇之情的克里姆林宫被熄灭的五星,她是那么美。怀着这种感受,总有一天我要回到莫斯科。

14/IX　　　　　　　　　　　　1941 年 9 月 14 日

……你给我留下的是最纯洁最神圣的回忆之一。

而这种我还爱着某些美妙之物的感觉,帮助我高于我置身的环境,使我不至于粗鲁、堕落。

在为光明的未来、为你我的幸福的战斗中，在这表面上平庸无奇的战斗中，对你的回忆给我帮助甚多，但这场战斗是为了光明美好的人类理想（客观上）。Goethe[1] 认为重要的只是他所爱的。这带给他灵感。

15/Ⅸ   1941 年 9 月 15 日

敌人占领了切尔尼戈夫（乌克兰城市，州首府）、克列缅丘格（乌克兰城市），越过第聂伯河到了卡霍夫卡附近。第 9 集团军是如何到达的？敌军越过河后，在沿第聂伯河 40 公里、河左岸纵深 30 公里处建立了据点。

我在卡霍夫卡附近。

我们大量的部队投入了卡霍夫卡。

把德国人打回去！

否则顿巴斯就会大难临头。

我们所有人都会牺牲，但不会让国家遭受凌辱！不会让国家、莫斯科、古老的首都、列宁神圣的陵墓受到铁蹄的践踏！我们的幸福，我们的努力！

面对为了我们的幸福而战的父辈的鲜血染红的古老红场，面对列宁墓，面对我们的姑娘，面对祖国的森林、大地和村庄，苏联的青年宣誓：

不胜利，毋宁死！

———————————

① 歌德（德语）。

16/Ⅸ   1941 年 9 月 16 日

昨天 N 骑兵师放弃了索夫涅夫卡，晚上又占领了它。晚上我们的军队也占领了布拉戈维申斯克。我们的一个营深入敌人的后方，朝第聂伯河方向。现在骑兵师得到了向鲁般诺夫卡撤退的命令。为什么？南方由第 9 集团军防御。

米克列伊少校——卫国战争的英雄。茨冈人、足球运动员，喝……①，能很好地隐蔽军队。

总是一个木盆也没见到。

我们的空军很活跃。

无噪声发动机的速度是 330 米/秒。

17/Ⅸ   1941 年 9 月 17 日

命令我们从早 8 点到晚 6 点撤退 30 公里至缅奇库尔。

难道敌人要占领左岸？

让敌军越过卡霍夫卡附近——这不仅仅是疏忽大意的迹象。

第一次重大考验。

侦察归来。带来了被俘的德国人。

无线电报务员科罗瓦。

战利品：Unter-artz②Victor Sorgo，他的包、十字架、文章。

从德国人的所有小东西中可以看出特别的预见性和训练程度。

---

① 无法辨认。
② 初级医生（德语）。

C_2H_5OH ①

我们沿广阔的草原撤退。我军"战鹰"的三机编队急速飞过。敌军没发挥作用。我对战士们的故事有这样一种感觉,他们仅仅是由于迫击炮而撤退,而不是出于动力。

地平线后面发生了火灾。

爆破了第一座磨坊。

饥饿的行军。

在村村户户看着哭泣的母亲、惊慌张望的年轻女人和姑娘们时,你就充满了对敌人的仇恨,强烈的仇恨。她们的目光中充满了对儿子、丈夫的关切。

她们给了我所有。

晚上周围的损失。

18/Ⅸ   1941 年 9 月 18 日

我们又撤退了 35 公里,撤到了波德戈尔内。战士们的情绪积极向上。当然了,每个人都认为本可以不撤退而是进行攻击的。所有的夜晚我都睡在干草上,没什么,只是有点儿冷,因为只盖了一件军大衣。周围的一切都在燃烧,未脱粒的巨大粮食堆在燃烧,燃料在燃烧。集体农庄的女庄员们在工作日把谷物送到家。

———————

① 乙醇的化学式。

商店里在分发商品。

但私人的牲口和家禽留下来了,大多数居民留下来了。

敌人紧跟在后面走。我们在等最后一批来自缅奇库尔的人。

已经晚了。某个司机说德国人在离我们3公里处时,我们的人还没有走。

19/Ⅸ   1941年9月19日

幸运的是,一切都平安度过了,他们只是遭到了德国侦察员的扫射。

我们暂时留在波德戈尔内。部队的任务。状态据说是向上的。据指挥员们说,大部分撤退的目的都是为了避免被包围。

现在德国人在我部队的左方和右方。通常一旦接触到它①,他们就绕开它,尽量不进行战斗。

命令。我们部队没人被俘。

那时部队不得不撤退,尽管有时甚至听不到炮火声。

今天炮击持续了一整天。

20/Ⅸ   1941年9月20日

一个梦!半夜下了霜,Max② 零下2—3摄氏度。不得不数次从干草上跳起来,做做体操。夜晚,战士们时而咳嗽几声,大约6点时,大伙儿都从帐篷里涌出来了,用干草点了篝火取暖。

---

① 指军队。——译者注

② 最高温度。——译者注

跳蚤和寒冷,消毒剂。

4 个近卫军师。没有在树林中四散奔逃,没有大喊:"我们被包围了!"

后来喝了红菜汤。

22/IX   1941 年 9 月 22 日

很显然昨天放弃了基辅。

昨天在迫击炮射击后,有些战士有中毒的症状,甚至昏迷。

我觉得,这是一般的"火药病"(CO[①] 和亚硝基气体)。

从大约 6 天前的记者招待会上洛佐夫斯基的回答中可以看出,莫斯科到列宁格勒的道路被切断了。

去费奥多罗夫卡车站。椅子。

24/IX   1941 年 9 月 24 日

昨天去 B.托斯曼取回来自斯大林诺的货物。难民们。成千上万挖掘掩体和沟壕的人。条件非常差。

食品供应出现很大的中断(比如,前天的面包 600 克)。没有工作服,但已经很冷了。

德国人的窗户上有亮光。在发信号呢,这些坏蛋。

在我们部队的地段上,德国人的进攻停止了。大约 5000 个士兵被消灭。他们已经两天没动静了。大战将至。

令人惊奇的是,情况可以变化得如此之快。今天我带着宽容大度的样子向那些跟我一个月前一样的人介绍了德国的武器

---

① 即一氧化碳。——译者注

和其他东西。

昨天半夜乘着一辆哗啦啦直响的"嘎斯"牌汽车,从车站出来,行驶在10厘米厚的灰上,幻想着,更确切地说,在回想着自己12岁时的情景。令人吃惊的是,我一切都记得很清晰,能记得面孔,甚至话语。

在尘土飞扬的灰色道路上,司机迷路了,但我丝毫没有察觉。

对抗变得粗野的措施:

1.用已知的单词编写德语词典。

2.复习有机化学课程。(图片42)

26/IX   1941年9月26日

80名罗马尼亚俘虏,外表可怜。战士们对他们很宽容。在劝说。8个人被送到医务所。他们是罗马尼亚人——可不是德国人。

明天会有多少俘虏?

27/IX   1941年9月27日

开始进攻了。火炮整夜在敌人防线的前沿轰鸣作响,然后是空军。P.S.和我来到米哈伊洛夫卡。情绪高涨。

正午时分,天气恶劣,云层低垂,淫雨霏霏。

由于这个原因,空军的行动受阻。

日间进攻的计划完成。包围了M.别洛焦尔基。

28/Ⅸ   1941 年 9 月 28 日

天气很好。从早上开始,他们的空军活动频繁,在轰炸米哈伊洛夫卡。很显然德国人的指挥机构向这里投入了大量飞机。

这里带着某种"狂喜"等待德国人——由此可以看出,集体农庄庄员生活得如何。

九口之家(7 个孩子)收获粮食(尽管粮食远远没有全部收集):3 吨小麦和 1.5 吨大麦,不算蔬菜和其他。而奶牛呢,家禽呢?

只有第七个孩子每月获得 2000 卢布①。腾出一整间房间放粮食。大多数家庭都是这样。

29/Ⅸ   1941 年 9 月 29 日

第一场雪。昨天敌方的飞机烧毁了普里希布,一定数量的弹药和燃料被毁。

罗马尼亚大尉,晚上,烟卷。

敌人在 N.-莫斯科方向上突破了。这很危险,因为敌人可以进入我方的交通线。M.别洛焦尔基清理过了

晚上,下起了细密的秋雨。无须特别伟大的战略家就可看出三天的进攻并没有带来特别辉煌的战果。

36 架敌军飞机轰炸了 M.别洛焦尔基。

德国人迫使第聂伯河两岸 30 公里处的居民迁出(游击队员)。

---

①　指战前苏联政府为增加人口而采取的奖励政策,家庭中最小的孩子每月可领到一定补助。2000 卢布在当时是相当可观的。

30/Ⅸ   1941 年 9 月 30 日

德国人打得很好。舍佩托夫的部队刚刚推进。德国人利用我们被击伤的坦克作为永备火力点。

1/Ⅹ.41   1941 年 10 月 1 日

总之,由于敌人在 N.–莫斯科方向上(第聂伯罗彼得罗夫斯克)的活跃,进攻大概受挫了。炮火轰鸣已是第五天,一切都近在咫尺,不远。团(阿拉伯的……①无场地)在引诱。进攻以奇特的方式结束:敌军击溃了一系列地点,但无法占领。不得不放弃军队的一部分,尽管是武装的。德国飞机十分活跃。轰炸。我参与了扫射。召唤。

4/Ⅹ   1941 年 10 月 4 日

昨天半夜步枪、机枪射击。动身前往 60 公里外的 N 地。甚至匆忙间看到我军(极小部分)调动,也显现出其数量巨大的装备。由于敌人的 N.–莫斯科小队从北边绕过扎波罗日耶、向奥列霍夫一地靠近而引起撤退,造成了侧翼的威胁(其规模以敌人在 O 的力量决定)。当然,又是撤退。

白天亨金来了。

5/Ⅹ   1941 年 10 月 5 日

我们为什么要撤退?以我们的地段来说,我可以给出答复:

---

① 无法辨认。

敌人的装备有优势,他们手里有主动权,夺取这样的主动权可并非易事。我们的战士占数量优势,尽管如 N 团的行为之类的事实激起我心灵深处的愤怒。真见鬼!逃跑。要知道逃都无处可逃。据说,事实是,(其他人)小心谨慎地射击,特别是增援的士兵①。但飞行员、坦克兵和炮兵——都是优秀的战士。

于是,庞大而强大的军队撤退了。撤退井然有序。很快就离开乌克兰的产粮区了,即将进入乌克兰的工业区②。直到装备增发前,管它是我国的也好是英美的也罢(这需要至少两个月时间),至少将敌人阻挡在它③以外。

7/Ⅹ   1941 年 10 月 7 日

6 号这天对我来说是从早上 3 点开始的,因为敌人位于靠近右翼的地方,本应 5 点从伊万诺夫卡出发。6 点半出发了。

已获悉,敌军的 20 辆坦克和数辆装甲车被击毁。我们的道路周围——是火灾(5 号,我们的人一整天都在火烧 B.托克马克,炸毁大房子)、爆炸,炸毁车站,毁坏铁路。

从一开始我就不喜欢队伍的状态:实在太神经质了。获得了新情报,改变了路线。

到中午,走了 80 多公里(当然了,绕着走了一阵),我们来

---

① 增援士兵是从别的部队调动来的,在战斗中遇到危险情况时,有些增援士兵可能不会为了"别人的"部队用尽全力战斗,所以文中有这样的说法。这样的情形主要发生在战争初期,后来大家明白了,不存在"别人的"部队。

② 乌克兰中部及南部是乌克兰农业发达的地区,被称为产粮区。1941 年苏联红军从该地区撤离,进入乌克兰东部,即乌克兰的工业区。

③ 指乌克兰。——译者注

到波波夫卡,停了下来。仍保持着一种不正常的、紧张的气氛。一位战士向我走来并秘密地告知我:"坦克被毁了,真的吗?""那又怎样? 20辆坦克又能做什么?"我刻薄的回答没有破坏他小心翼翼的情绪,尽管他有点儿笨拙地试图嘟囔着说:"那里怎么样,我无所谓,反正不得不讲和。"偶尔响起零星的乒乒枪声,没人很了解情况。

两辆德国坦克来到了大村子波波夫卡前面的小岗上。从里边出来了坦克兵,看了看村子里的辎重车队,商量了一下又钻进了车里。

一些炮弹投到了停着4架乌-2①的田野里,现在响起了数次机枪点射的声音。从村子的那个方向,那里离坦克的位置最近,辎重车猛冲过来,人们跑了起来。村子其他地方的所有人都愣了片刻,不知道发生了什么,不知道该做什么。突然,急促的机枪声又响了起来,这时发生了可怕的事情。有人鞭打辎重车上的马匹,有人加大汽车油门,那时,汽车、辎重车挤成一团,大家什么都不明白,什么也解决不了,什么也不思考,在田野狭窄的路上冲过去,不知道去哪里。成千上万的人。几辆辎重车撞在了一起。谁也看不到什么,谁也不明白,但大家都在跑。在这几分钟里,我说了通常一年才说的那么多脏话。跑啊,完全不知道原因! 我们的队伍比其他人都更安静地坐在汽车里。"跟着敌人",来到了村子尽头停下来了。领导试着弄清楚发生了什么。我找到了一个西瓜,切开,开始吃,让军事技术员吃。旁边

---

① 乌-2——因其在低空飞行和发动机熄火时进行夜间点状轰炸的能力,后来被德国人称作"伊凡雷帝"的飞机。(参看电影《空中慢车》)

所有一切都在奔跑,尽管任何射击声都已经听不到了。所有人都在跑。

德国人饶有兴致地观看他们的杰作。什么也搞不清楚,大家决定继续跑。没有管理,放任自流,不分辨道路,乱成一团,奔跑了大概 30 公里。

在那里,才开始有人站出来整顿基础秩序,当然了,尽管这很难做到。

这一天我们总共走了 130 公里左右,按直线距离的话,大约有 70 公里。

3 架乌-2 起飞了。"战鹰"①把第四架"卷心菜馅饼"②丢下后匆匆跑掉了,说是烧了它。指挥官听说它没被烧掉,又回去了。

啊,我会直截了当地把这样的"战鹰"连同那些第一批逃跑的辎重车上的人都枪毙掉。

对于所发生的事的危害毋庸置疑。出现恐慌的原因有哪些?

(1)人们已经习惯逃跑,成了懦夫。(司机对我说:"我已经跟您说了,我们跑得动弹不了,您还不信。我对这个已经习惯了。")这种习惯导致人们的神经有点儿毛病:人们总是紧张,一直准备急忙逃走(兔子般的生活)。

(2)队伍不能没有反坦克武器或者其他与坦克战斗的装

---

① 指飞行员,此处有讽刺、蔑视的含义,因为作为飞行员不该将自己的飞机留给敌人逃掉。
② 当时对乌-2飞机的称呼,该机型后来被称为"玉米"。

备。不知为什么大家都知道没有这些装备的事。(该死！不该知道的都知道。)

(3)没有能阻止逃亡的强硬手腕。(摆在路中间带机枪的载重汽车就能阻止他们,就算终究不得不让开,逃亡也是会有组织地进行的。)

这些情况是不允许的,我希望首长采取措施阻止类似的情况。

此外。

使每个人牢记:后面——是奴役,是死亡。

我感到羞耻。

总而言之,结果近一百辆坦克被毁。从早上7点到晚上,十分寒冷,天空布满了低沉的乌云,冰冷的雪下了一天一夜。

阿拉伯童话。四辆开着舱门的坦克开来了。我们的坦克兵(穿着我们的制服)从里向外看着。他们去N.-莫斯科夫斯克,四处散开,又返回,开火。城里一片混乱,都在跑。后来步兵占领了城市。

8/X   1941年10月8日

昨天从斯塔罗杜博夫卡跑了大约80公里,来到了马里乌波尔-斯大林诺一线。各处都是火灾。

被毁的坦克后部被严重损坏。见鬼!

在自己的土地上,在自己的居民中间,我们不知道坦克在哪儿,它们去了哪儿。

要是地方政府不拼命逃跑躲开坦克的话,要知道这完全可以组织一下。

12/Ⅹ   1941 年 10 月 12 日

我的朋友!你不得不把那历经过你的童年,你成长为少年的、与你有无数回忆相连的故土留给敌人吗?你不得不把姐妹和母亲留给敌人吗?

两天前,我来到杰巴利采韦,现在我准备从这里离开。

如今的顿巴斯是个蚁穴。斯大林诺的街道上如此多的人我做梦都没见过。企业忙着撤退,矿井被毁坏和淹没,高炉被封存(使高炉炉底结块,成为残铁)[4]。德国人在顿巴斯进行了最强大的宣传鼓动。可以感受到它的后果。犹太人。

顿巴斯多么富饶啊!在一块不大的地段上就有数量庞大的居民、巨大的工业设施。那些我认为是乡村的地方和车站都有大约三万居民。戈尔洛夫卡、马基耶夫卡都成了大城市!房屋是新的,不超过 10 年,还有很多大的、未完工的房屋。

放弃顿巴斯让人心疼。

语言已不足以描述这些。这些天有什么堵着我的胸口,只有瞬间我才能忘却痛苦。

13/Ⅹ   1941 年 10 月 13 日

我们回到了斯大林诺,路上有很多犹太难民。

年轻人要离去了:妇女们走到哪儿,哪儿就是喧哗、嘈杂和哭诉,姑娘们走到哪儿,哪儿就是笑声一片。手工业者走了,他们将成为乌拉尔的技术熟练的劳动力①。

在奥列霍夫附近的(还未形成的)包围中冲出的部队显然损失重大——33支反坦克枪 I②。主人被杀了。

为争夺顿巴斯会进行战斗,显然还得放弃。

斯大林诺的路障。商店都关闭了。我担心见到施坦因科尔。

(图片54)

15/Ⅹ　　　　　　　　　　　　　　1941年10月15日

我会打死每一个眼里闪烁着胆怯火苗的坏蛋。这样的人不少,看着让人憎恶,他们已经成了过着好生活的自私鬼了。

要知道我们的坦克少一些。这意味着,人们应该更勇敢。

要是不具备勇敢——我们就会被打败。

然而我准备亲吻每一张快乐的前往前线的脸庞。潮湿的、冻僵的,但快乐的、激情的脸庞随处可以看到。

当然了,德国人让间谍挤满了顿巴斯,这些间谍基本上就是让那些所谓的"职员"害怕得两腿打哆嗦的人。

矿井在燃烧,它们都被炸了。经常有爆炸声,让人想起武器的射击。顿巴斯的矿井太多了!

很显然,莫斯科附近的情况不比我们这儿好多少。

---

① 手工业者要向东撤离到乌拉尔地区,他们将在那里继续工作,成为当地的劳动力,为卫国战争贡献自己的力量。——译者注

② 此处 I 的含义无法确定。

列宁格勒又怎样呢?

16/Ⅹ   1941 年 10 月 16 日

听说放弃了沃罗涅什。若是这样,那么我们与莫斯科的道路(三面)就被全部切断了。若是这样,那么在来自西部和北部的打击下,罗斯托夫(也许德国人已经知道了塔甘罗格)就保不住了。若是这样,那么我们今年就要跑到伏尔加河。形势严峻。也清楚了,在我们的地段上,战斗的范围缩小了,因为随着奥尔洛夫的突破,它就成了次要的了。

需要汽车。十月份英国给了多少辆?勇敢!勇敢!在这场战争中对步兵而言危险增加了,勇敢也应该更多。我想,在内战中人们似乎更勇敢。

我国明亮巨大的建筑不会被摧毁。尽管有莫斯科和列宁格勒的损失,但一切都没有结束。把军队调往乌拉尔——调往工业基地,西伯利亚提供粮食。我们会击败德国人!带上所有的男人,把一切摧毁。

军事人民委员会工作不力。在敖德萨获释的罗马尼亚军队到我们这里来了。

22/Ⅹ   1941 年 10 月 22 日

开战四个月,德国人从亚速海方向进攻至顿巴斯,莫斯科的情况危急(莫扎伊斯基附近的战斗)。

几天前他们占领了塔甘罗格。又是坦克。

23/Ⅹ   1941 年 10 月 23 日

夺取了我们左翼的敌人位于 30 公里处。

几天前意大利部队占领了马基耶夫卡①。

（斯大林诺之前被占领。）

26/Ⅹ   1941 年 10 月 26 日

S 说得没错，顿巴斯已不是他 20 年前到过的那个顿巴斯了。从村子里陆续来了财产和土地被没收的富农分子，他们真不少。他们用谣言腐蚀一切，有时非常荒谬（比如，德国人占领了哪个地方，哪儿就有一千克的面包——4k.②）。

由于他们，靠近前线地方的秩序被严重扰乱，他们为了让男人们不离开而宣传蛊惑。

在放弃斯大林诺之前，酒精和伏特加酒厂附近聚集了大约 800 人，他们迫不及待地等着抢劫，最终抢劫了它。

放弃斯大林诺，他们不太悲伤。

在谢尔戈，人们跑去抢劫被驱赶的牲畜，它们被成功保护了，只伤了 6 人。

在克拉斯内卢奇，人们行事妥当，以低价出售了所有储备。早该如此了。这里的气氛完全比任何其他地方都健康，但这里的谣言也不少。

沃罗涅什——少校。

---

① 奥·亚·莱乌托夫的家乡。

② 指 4 戈比，100 戈比等于 1 卢布。当时有谣言说在被德国人占领的地方，面包是免费的，这当然是不可能的。首先，德国人优先得到食品，面包很难获得；其次，食品的价格飞涨。

至今仍有部分人从包围中偷偷溜出来，穿着便衣。一个人带来在面包里烤的英雄金星勋章①。

在与指挥官的所有谈话中看得出，战士们还是希望更好。当然了，首先是"乡下"式的胆怯，他们特别害怕迫击炮和坦克。大多数共产党员都打得漂亮。

唉，再给我们增派些坦克就好了！在新年前就把德国人、把这个"通心粉"②马队赶到第聂伯河对岸吧。

遇到了"祖国母亲在召唤"③式的妇女。

两个儿子在前线，丈夫是游击队员。

我们要打吗？坏蛋拿我们的小麦，等着希特勒。我们会回来的，大妈！

今天消灭了将近两个营的敌人。约 200 人被俘。

28/Ⅹ   1941 年 10 月 28 日

很显然，在愚蠢的情况下，波里扬斯基被杀了（也可能被俘了）。

我又来到了舍佩托夫的部队。

1/Ⅺ.41   1941 年 11 月 1 日

从新帕甫洛夫卡撤退到 22 号矿井。

秩序混乱。并非所有回家的劳动军人都得到了疏散的通

---

① 指苏维埃英雄勋章。获得此勋章的战士将勋章放在面包中烤制，以免被德国人发现。如被敌人发现勋章，会被立刻枪毙。

② 指意大利的。——译者注

③ 指苏联卫国战争时期的一幅宣传画。——译者注

知,25—26 岁的年轻人常常待在家里。

劳动军①的一些领导抛下了自己的下属,任其放任自流,他们冲回家,带上妻子和装着食品的小车,疏散了。

直到现在还有一部分劳动军人才勉强走到家。

从新帕甫洛夫卡撤退时炸毁了什捷尔发电厂②,频繁的矿井爆炸给人造成了一种火炮射击的印象。

数天前,我们放弃了哈尔科夫。

补充人员到达连队。他们都不年轻了。

3/XI   1941 年 11 月 3 日

2:30,德国人用两个营的力量撕开了我们的防线。在这个地段(叶绍洛夫卡-德米特里耶夫卡)上,增援的沃耶沃金小队烧掉了两个营。我们增援的两个团开始扩大战果。

就这样,我在前沿阵地后面做侦察。迫击炮弹呼啸着向你飞来,炸裂时把尘土高高扬起的感觉不是非常好。

膝盖不由得弯曲,需要某种意志力防止这种情况出现。

6/XI   1941 年 11 月 6 日

侦察不成功(团队开始撤离)。

军队侦察进行得不好:我们不知道我们前面是谁。

接下来的两个夜晚也没有结果。

---

① 指 20 世纪 20 年代初,在苏联红军的保障部队和预备部队的基础上建立的军事化组织,在自己的部署地履行农业经济及部分管理任务。——译者注

② 什捷尔发电厂是苏联时期乌克兰建立的第一座热力发电厂。——译者注

5 号早上,去了 N 团的指挥所(用发烟迫击炮弹射击)。我们的侦察,被打死的德国人,信件(跟法国打 5 次仗,比跟俄罗斯打一次仗还容易①)。

两天前,我们的部队试图进入德米特里耶夫卡地段。没得到任何结果。迫击炮连得到了更大口径的迫击炮弹。没有迫击炮的支持,边防军人的 4 支分队被无法压制的的机枪火力击溃了。我们的防线很好(多丘陵地),因此敌人甚至完全把坦克从那里撤走了。

我被叫到军队司令部培养化学专家。

8/XI   1941 年 11 月 8 日

沃耶沃金纳的小队使德国人感到恐惧。

比如不久前,我们在克尼亚泽夫卡这个小队,对大批聚集的德国人施以 17 分钟的扫射。一切都烧着了。

被俘的德国军官说:"你们枪毙我,我一点儿不紧张,但你们为什么要烧我们?"

防御好的时候,就有秩序,那么就不怕坦克。我们的部队平静地击退了坦克的进攻。

100—26②

读了斯大林的报告。在政治处的出口立刻读了,就在路中间,没动地方。

---

① 此处似乎指苏军侦察人员在被打死的德国人身上发现了信件。当时法国早已被德国轻易占领,信的内容给奥列格·莱乌托夫留下了深刻的印象。

② 此处数字的具体含义不明,应该是编成密码的数字。根据上下文推断,这组数字应该与喀秋莎火炮有关(比如记录喀秋莎火炮的火力)。

（广阔的领土）。

16/XI　　　　　　　　　　　1941 年 11 月 16 日

我们师现在属于另一个集团军。

最近三个集团军（18 集团军、37 集团军、9 集团军）以摧毁罗斯托夫集群为目的而展开了进攻。俄罗斯的轻率，沃洛达尔斯基-达利耶夫卡公路，返回。

增加了防坦克狙击手的数量，还给我们增援了坦克。舍佩托夫——苏联英雄。

近卫军师。

前线有德国人、罗马尼亚人、意大利人和芬兰人（很显然是为了执行卫兵勤务）。

莫斯科附近的情况好转了。

18/XI　　　　　　　　　　　1941 年 11 月 18 日

开始进攻了，V.——达利耶夫卡公路——捷尔任斯基公路——纳古尔纳亚——塔拉索夫卡。

20/XI　　　　　　　　　　　1941 年 11 月 20 日

尽管阻击 37 集团军的只有一个 SS（德语，党卫军的缩写）"维京"师，进攻进展得不令人满意。通过敌人的战斗队形可看出我军中弥漫着犹豫不决的情绪。

这个师的战士们战斗得很出色，甚至单人自动枪手们受伤了，他们仍继续顽强地抵抗[5]。两天的战斗，我们的部队仅得以占领多布罗波利耶(德国—小农庄),还有一个由此向南一公里处的村落。很明显,德国人清楚地想象到,我们通向亚速海的出口对于克莱斯特将军的军队来说意味着什么。

不得不看到很多尸体:他们的和我们的。战利品的汇集。

指挥所的逃亡。害怕坦克。昨天4辆来到城郊的德国坦克在师指挥所制造了不少恐慌。

心理学。人们没看到,却用迫击炮齐射。急速出现在近前的沃耶沃金纳小队挽救了局面,它快速沿前线展开,以短促的齐射消灭了跟在坦克后面的步兵。

21/XI   1941 年 11 月 21 日

昨天 209 团迫使 15 辆德国坦克逃窜了。

机枪手——有两名战士的小组指挥官击退了德军步兵大队的进攻。

发射了 13 条机枪子弹带。[1]

我们的步兵怕德国坦克,话又说回来,就像德国步兵怕我们的坦克一样。

英雄——削去称号。

狗——防坦克歼击犬[2]。

我们师得到了铁木辛哥[6]的感谢。

第四个在零下 10—12 摄氏度的野外的夜晚。如果不是从

---

① 两名机枪手连续射击 13 条子弹带,击退德军的进攻,这是很成功的射击。

② 指苏联卫国战争时期经过训练的、装备有爆炸物的、用于攻击敌人坦克的军犬。——译者注

夏天开始磨炼,早就病倒了。不得不吃少点儿。两天前,去一个被我们打下的村子里取化学战利品,16 公里。防毒面具里的长方块巧克力糖非常有用。

总之,"维京"师屈服了。士兵们绝望地战斗。女机枪手。

昨天,飞机长时间地轰炸了我们,我们发现了化学迫击炮炮弹的碎片。命令:在后方烧光 40—60 公里内所有村子的德国人。

我个人活下来的机会不大。

但这一点儿也没有让我不安。神经变坚强了。

23/Ⅺ   1941 年 11 月 23 日

经历了数次猛烈的空袭。没有人会说(不撒谎)对此已经习惯。一个大尉——很棒的俄罗斯人——说:"人们在战场上变得更理智。"他是对的。

用飞机、迫击炮不能战胜一个有强大意志的人,但艰难的时刻会留下蛛丝马迹。

除去所有其他的,你会更加珍惜生命。

进攻持续得非常缓慢,落后于邻军。

师团不得不多次收缩主要进攻方向的人员,以保证侧翼的安全。党卫军"维京"师在恐慌中撤退,抛下摩托车、汽车和后勤补给。

最近,我多次亲眼看到死亡。数百具尸体。

不久前,写给尤拉[7]的信是毫无理由的乐观主义。在这场战争中,幸免于难的机会很小,但我再说一次,这个吓不住我。

我的新古怪行为中的一种:走近小孩子,汲取新的道德力量。

德国人穿得不错。怀疑他们会不会冻死。

他们的食品供应协调有序,特别是指挥人员的(巧克力)。

还是怕坦克,甚至近卫军团也怕。政治指导员马基耶夫——坦克——季姆留克。

枪毙。

我认为,克莱斯特将军的小队不会被消灭,但我们会保卫罗斯托夫,即进攻的主要目的要达成了。

我们的"战鹰"对待战利品态度野蛮,把德国人留下的数十辆汽车的一个个螺丝拆开带走了。

刚开始德国人(尤其是指挥员)装出勇敢的样子,还不带头盔(甚至日耳曼的司令员不得不为此而下达特别命令),现在几乎所有党卫军人都穿戴了钢铠甲(飞行员也如此)。

27/XI   1941 年 11 月 27 日

罗斯托夫沦陷了。我方命令向其投入大量兵力。我们的部队也是同样。军队在严寒中行进了一整晚,到达集中地时没有暖和的农宅,睡了不超过一个半小时。敌方空军猛烈轰炸。克莱斯特终究应该被击退消灭。

28/XI   1941 年 11 月 28 日

德国的先头部队位于罗斯托夫以东 15—20 公里处。我军的一支小队从诺沃奇尔斯克攻到罗斯托夫,其他两支队伍进入亚速海并将德国军队分割为三部分。

29/ⅩⅠ　　　　　　　　　　1941 年 11 月 29 日

德国人被迫放弃罗斯托夫并向西方撤退。我军部队击溃了16 坦克师、党卫军"维京"师,重创了承受巨大损失而撤退的克莱斯特将军的第 49 山地步兵军。我们进入了罗斯托夫以西的亚速海(很显然敌军在塔甘罗格地区),战争过程中的巨大转折之一现在发生了,这是对德国人的第一次重大打击,其意义难以估量。(顺便说说,战士的进攻精神正在培养成长。大家明白了,德国人是可以一次次地赶走的。)

1/Ⅻ.41　　　　　　　　　　1941 年 12 月 1 日

以下是 11 月 30 日的情况。最近几周,盘踞在西南方向两支敌军的庞大队伍进行了战斗。施维德勒的队伍在伏罗希洛夫格勒,而克莱斯特的部队在罗斯托夫。

总计:施维德勒的进攻被阻止了。我们狠狠打击了第 76、94、27 师。克莱斯特被击败(击溃其精锐部队:第 13、14、16 坦克师,第 60 摩托师、党卫军"维京"师、党卫军"阿道夫·希特勒"师),其部队从罗斯托夫撤到了西方。

我们开始往塔甘罗格方向行动:多布罗波利耶——米乌斯科耶——杰尼索沃——阿列克谢耶夫卡——米列罗沃。后来被调遣到新依桑别克。沿库尔拉尼——斯托扬诺夫——韦索雷的路线,部队应进入亚速海前往莫尔斯科依丘列克。变化。斯托扬诺夫——亚历山德罗夫卡——瓦鲁依斯基——亚历山德罗夫卡——里亚任内(塔甘罗格以西)。

居民的行为不是十分爱国。我很清楚这些自私的人的心理。他们被德国人暴行的消息吓坏了,当与他们无关时,他们就开始含着感动的泪水拍德国人的马屁。两个美人甚至嫁给了佩特留拉分子。

"克里门特·伏罗希洛夫"坦克(一种重型坦克)行进得慢。15辆被抛弃在我方高地,其中的一辆"克里门特·伏罗希洛夫"坦克打死了4个德国人,其余的坦克回来了。

铝热剂炮弹。

4/Ⅻ   1941年12月4日

亚历山德罗夫卡—诺沃谢尔科沃。德国人在这里把一切都搜刮干净了。比如,在我们的房东这儿,他们一个月就吃光了母牛犊、四头猪、十来只鸡,还拿走了器皿。

来自包围圈中(季姆留克附近)的战士来了。几乎所有的矿工都留在家里。在斯大林诺,德国人动员男性居民修复铁路。25位马基耶夫那边的战士(矿工)自愿投降。俘虏由少得可怜的押解队运送:两千俘虏——6个人押解。

昨天51军看到德国坦克就向后移动。不得不停止推进并保证左翼安全。

今天209团向米乌斯进发。

6/XII   1941 年 12 月 6 日

波利托特杰利斯科耶。最猛烈的轰炸日。占领塔甘罗格的消息没有得到确认。

7/XII   1941 年 12 月 7 日

摧毁了克莱斯特军队所掩护的部队的抵抗。

敌人继续向西撤退，一支队伍试图建立有组织的防线。96军在米乌斯河畔的斯大林诺扭转了战局。209 团—M—库尔甘—莫克雷耶蓝奇……①马特维耶夫，库尔甘布满了雷。德国人焚烧了 B.克列平斯克。很明显现在不止一门"喀秋莎"火箭炮。

波利托特杰利斯科耶的居民完全被德国人的轰炸搞得纪律涣散、精神堕落，甚至半夜也不从地下室爬出来。

20 日凌晨，德军占领了罗斯托夫，29 日放弃了那里。德军统帅部宣布（das Mittag②），德国军队放弃不大的领土是为了重编，并运用残酷的战役对付不顾所有国际规则对德军背面袭击的居民。

孩子的牙牙学语。

我开始读些东西，尽管这只能利用短暂的零碎时间去做。

8/XII   1941 年 12 月 8 日

---

① 无法辨认。
② 正午（德语）。

德国人成功阻止了米乌斯河上的进攻。他们加强了右岸的防御,用水浇高地。

德国人让 209 团接近他们 300 米,而后以猛烈的火力杀伤了 60%。炮兵团有 30% 的炮。兵器严重磨损(5000 次射击)。

总之,应该为了补充兵员而将师团调走。(不早于 1942 年 1 月 1 日完成)。

列宁格勒附近的情况严峻。我们放弃了季赫温、沃尔霍夫附近的战斗。

德国空军异常活跃。这些"梅塞施密特"——是优秀的飞机。

英国对芬兰、罗马尼亚和匈牙利宣战。

9/XII   1941 年 12 月 9 日

敌人以达两个团的力量(拥有坦克)在我军右翼以北转入反攻,并从左侧挤压邻军。伴随着不间断的炮击和空袭,激烈的战斗进行了一整夜。

过了一晚,情况好转了,我们粉碎了敌人向北切断罗斯托夫道路的企图。集团军司令命令我们不惜任何代价突破米乌斯河上的防线,现在前线及军队的空军正在对其轰炸。要是用"吉他"火炮对已发现的聚集的坦克和步兵进行轰炸,就可以破坏德国人的反攻,但可怜了和平居民。侦察报告说德国人还是从塔甘罗格撤出了。

10/XII   1941 年 12 月 10 日

情况依旧。101.0 高地未被占领。

德国人在此地区埋了 6 座炮台, 在当地居民的帮助下伪装了起来。他们不怕我方炮台火力的攻击。这里总共有 2 辆牵引车(侦察员)。

决定:坦克从北边绕过高地, 逼退步兵营。

在与我们的伊–16 的对决中,"梅塞施密特"取胜。午饭后我们遭到轰炸。

12/XII   1941 年 12 月 12 日

情况依旧。被俘的德国军官说, 俄国人一旦切入米乌斯河上的防线, 那么德国人就会跑出第聂伯河。

德国人把类似装有化学物质的罐子运往前线。

我们派出侦察员。

为了突破, 我们集结了庞大的力量, 补充了新系统的"吉他"火炮(20)。

莫斯科附近的情况紧张, 例如在克林及阿尔汉格尔斯克地区的战斗。列宁格勒人夺回了季赫温。争夺耶列茨的战斗。

13/XII   1941 年 12 月 13 日

由于失误, 昨天"喀秋莎"火箭炮向我们部队刚刚占领的村子发出了齐射。死亡达 100 人, 此外很多人被烧伤。

乌拉①！如释重负！战争时期最高兴的一天！

被打败的德国师团从莫斯科的所有方向撤退。如今死也不怕了。为了祖国的未来我现在很平静。现在我们进入了战斗……啊，当然，在最初的日子里我们的损失会很大，但短时间内德国人的优势会被消除。

空军和炮兵。

我们的侦察报告：

（1）在拉通诺夫发现了 12 辆装有毒剂的汽车，两种类型的（罐子上有黄圈）；

（2）给德国部队分发了数量不足的防毒面具；

（3）德国人警告拉通诺夫的居民们，一旦德国人撤离，不得使用饮用水（会传染）。

我们加强了连队的准备工作。

17/Ⅻ   1941 年 12 月 17 日

获得消息：德国人污染了莫斯科附近的水井。

14 号 3 点，我们师应开始进攻并夺取 101.0 和 105.4 高地。哈利通诺夫所有的军队应于 8 点开始进攻。13 号晚，这里变成了不能通行的泥泞地（甚至三轴车也不能通过）。米乌斯河河水泛滥，河水漫出河岸达 40 米宽。

部队不再进攻，现在军事行动搁浅在泥泞之中了。

唉！要是指挥部还是决定进攻 20 公里左右该多好啊！所有的德军技术设备（直到坦克）都得留在原地。

---

① 表示欢呼的用语。——译者注

整个罗斯托夫都在建路障。

19/Ⅻ   1941 年 12 月 19 日

14 号进攻的命令被取消了,但 155 团对此一无所知,自己出发去占领高地,进入了机枪的交叉火力中,损失惨重。

对所有的交通工具来说,这里的道路都难以通行。德国人的汽车不能从原地移动,德国人(可不是傻瓜)将装备从汽车转移到大车上,运往后方。他们知道很快要迅速撤退了。我们被调动至坐标 37(军用地图上标示的)的右边。根据前线司令部的消息,在那里,德国人有化学袭击连和化学防护连,但 26 号前可能不会有化学袭击(天气预报)[1]。目前德军的每个坦克师有 5 辆坦克。现在这些不可怕。反坦克防御中出现了铝热剂弹,很快就有反坦克枪了。

21/Ⅻ   1941 年 12 月 21 日

莫斯科附近的进攻仍在继续。我们占领了沃洛科拉姆斯克。在此方向上,我们已走过了大约 90 公里,在图拉附近又占领了乌兹洛瓦娅、杜布那、肖基诺。

很显然,到新年时,我们要占领奥廖尔。

我们被调动到拉维奥波利(库依贝舍沃东南),在困难的条件下完成了调动。我们自己拉着汽车走。我骑了 20 公里的马。

---

① 化学袭击主要使用毒气,因此风应该刮到敌人的所在地,所以天气情况在化学袭击时十分重要。大概天气预报显示 1941 年 12 月 26 日前天气状况不利于进行化学攻击。

夜晚,我们停留在挤得水泄不通的农舍,从早上4点到8点都在原地。路冻上了,德国人出现了瓦解的迹象,4个德国人的亲属向我们投降。在253师分布的地区来了两辆七吨重的载有士兵和军官的德国卡车。在哈尔科夫附近,我们占领了丘古耶夫。

德国人对待当地居民的行为越发肆无忌惮。迫使居民迁入地下室,拿走他们所有的家禽、所有热乎的食物。德国文书把房间里叫喊的孩子带到外边,推在地上。德国大尉和丽达。

25/Ⅻ　　　　　　　　　　1941年12月25日

今天德国人庆祝圣诞节。早上,我们师(与99、253相邻)在狭窄的2.5公里前线上,从库依贝舍沃地区转入进攻。精密的火炮准备和猛烈的空袭发生在进攻开始之前。尽管如此,和左边的相邻部队一样,我们成功推进了不超过1公里。原因在于对方的固定防御地带(由当地居民建造的土木火力点)很坚固。

在拉文尼基,一只鸡——120卢布,一升牛奶——50卢布。

将抵抗的重要焦点粉碎①

作战部队,3月14日(据我特别通讯员的电报)。四十座房子组成了一个不大的居民点,但这里几乎所有的房屋都是石头的,建筑坚固结实。居民点的地形非常适于朝北的前线组织防御。

---

① 贴在日期为1941年12月25日的日记中的剪报。

　　德国法西斯指挥部考虑到了这点,并采取一切措施把居民点掌握在自己手里。随着情况的复杂化,居民点取得了重要的战术意义。这里建立起了强大的环形防线,环绕村子的是宽阔的雷区,街道和院子被深深的壕沟隔断,建筑适合持久战。

　　这是石房子中的一座。木地板被撬开;墙上打出了用于卧射、跪射和立射的射击孔;地上挖了全断面的战壕,用两排原木覆盖着。根据俘虏的供词,德国人在这些战壕里躲避我方的炮火并等待可以从掩体里跑出来向进攻的步兵开火的时机。

　　感受到我军越发强大的逼攻,德国法西斯指挥部在数天内调集有生力量①及武器前来增援。如此一来,仅一天内,他们就向村子调集了相当数量的步兵、七门炮和二十辆载有军用物资的大车。注意到这些举动,我方观测员讥讽地笑道:"拉过来,都拉过来吧,德国鬼子,大部分得给我们留下。"他们没说错。近卫军步兵和坦克兵连同炮兵以快速、组织完善的打击突破了敌人防线,占领了村子并消灭了其驻防军。

　　战斗计划的意图在于:占领一处边界的皮列文的分队阻挡了敌人后备军的通道,反击其来自纵深的反攻击,并切断了其通向南方和西南方的主要撤退道路。卡尔普斯京的分队与坦克一起行动,向村子的南方及东南方边缘发起进攻。同时奥尔热霍夫斯基的分队从西北方向进攻。

　　在此协同打击之前,工兵开展了为坦克和步兵清除雷区通道的工作。

　　已考虑到例如突发事件之类的重要情况,于是在坦克和步

_____

　　① 指有战斗力的部队。——译者注

兵开始行动之时,炮兵发出了强大的、准备周密的火力。第一轮齐射时,距村子大约300米的德军战斗警戒部队就逃跑了。隐藏在沟里和屋内的法西斯分子朝进攻的坦克和向其移动的步兵猛烈开火。然而准确而有毁灭性的我炮兵火力迫使德国人在掩体和地下室中寻求救助。他们扔掉武器,跑到藏身处。

在炮兵火力的掩护下,我军坦克第一个冲到村子里。它们压制住反坦克炮,紧贴着房子驶过,用直接瞄准的方式歼灭了隐藏的敌人的自动枪手和机枪手。卡尔普斯京分队的战士们掌控了村子的南部边缘,一座建筑接一座建筑地清除法西斯分子。

德国人试图反击,他们聚集了近一个连的步兵和数辆坦克,但这一企图立刻被消灭了。那时他们向所剩无几的通畅道路逃窜,第一个跑的是德军的营指挥官博尔赫斯大尉。我方坦克猛冲向这条路,很快,被击毙的和被挤死的法西斯分子的尸体就掩盖了道路。

为加强这个村子的驻防军力量,德军的师团指挥官下令所有后勤人员,包括辎重兵和面包师投入战斗,然而这并没有什么帮助。

250具德国官兵的尸体被扔在村子的街头、园子里、屋中。毫无疑问,从建筑物和被毁掩体的废墟里还会找到不少尸体。

战斗中,我军夺取了大批经过核实的战利品。顺便说一句,此次抵抗,枢纽部获得了大量兵器。夺取9门反坦克炮,4门高射炮,两门口径为105 mm的炮,3门白炮,30挺机枪,14门迫击炮,160把步枪,很多冲锋枪和2台无线电电台。也夺取了大量弹药,包括10000发炮弹。

这就是组织完善且对敌人进行打击的成果。我方分队遭受的损失完全是微乎其微的。

敌人认为此次抵抗枢纽部意义重大,力求再次在对其重要的边界上设防固守。今天早上,敌人在坦克的支援下,用步兵的强大力量采取了新的反攻击。村子里再次展开了战斗。我方部队给敌人的有生力量和技术装备带来了巨大的损失,顽强地反击了敌人的反攻击。

B.格列博夫大尉

26/XII　　　　　　　　　　1941 年 12 月 26 日

209 团昨天向米乌斯河那边推进了 3 公里,但留在后方的德军小队迫使其逃回了先前的位置。

关于通报。英勇行为。200 名战斗力强的士兵。

师团之间的联系几乎没有。总之,缺乏秩序。今天一整天,德国人都很活跃,加强了迫击炮火力,然后突然飞了 7 个俯冲。漂亮的蝴蝶形飞机。要继续进攻必须强化部队。

28/XII　　　　　　　　　　1941 年 12 月 28 日

师团被调入储备军队,即调入第二梯队。有 200 名战斗力强的士兵的团被两次匆忙派去进攻,还在逐渐减员。来自侦察营的德军俘虏称,装甲车剩下(120 辆中的)20 辆,大约剩下(800 人中的)200 人。他们想进攻,啊,让他们试试吧,重要的是让他们从无法攻破的掩体中走出来吧。

空袭让人们早上养成喝"定量酒"①的习惯。我天天必听新闻局的通报②。图拉州的进攻比其他地方更成功。显然，最近将占领：洛托什诺、莫扎伊斯克、马洛雅罗斯拉韦茨（显然要绕开卡卢加）、姆岑斯克，最后还有奥廖尔（从韦尔霍维耶方向）。气温逐渐接近零下20摄氏度。唉，十二月份我没有靴子穿。

遭遇重大损失的法西斯分子撤退③

南方面军，3月17日（据我特别通讯员的电报）。

N兵团行动的地区进行着残酷的战斗。兵团部队成功地迫使敌人退却，法西斯分子放弃了一个又一个的阵地，损失重大。

《红星报》3月15日报道了为争夺一个大居民点而展开的紧张战斗。这个居民点已两次易手。前天，N部队再次转入进攻并坚决攻击了敌人的阵地。战斗持续了一整天。德国人数次进行反攻击，但每次都大败而归。

晚上，我方加强了对法西斯分子阵地的火力。特卡奇同志的炮兵分队给德国人带来的损失尤为巨大。炮兵们把炮推到步兵前边，他们用直接瞄准的方式袭击敌人的火力点。德国人在反攻击中投入了将近10辆坦克，但敌人的汽车没能驶过100米

---

① 一天100克伏特加，被称作"100克定量酒"。

② 指苏联新闻局前线广播通报。从战争的第一天起直到战争结束，每天苏联新闻局对全国进行直播。德军在苏联被占领土上所做的第一件事就是切断当地居民的信息来源，建立信息封锁，散布虚假消息。但现役军队每天都可以听到新闻局的直播。

③ 粘贴在日记1941.12.28—1942.1.1处的来自《红星报》（？）的剪报。

就被我炮台的强大火力阻止了。两辆坦克被击毁,其余的都返回了。最终敌人的火力相对减弱。我步兵冲入居民点,一小时后步兵完全清除了德国人。占领村子后,N部队查明了争夺此居民点的第一次战斗的失误,就立刻展开了对敌人的追击。

法西斯分子试图在居民点以东的不大的高地加强防御,但从高地上发起迅速打击。我部队继续扩大胜利的范围。

空白处有O.A.莱乌托夫手写的附言:

"放弃伊莉扎维托夫卡,特卡奇丢下4门炮(拉走一门),德国人将其炸毁。骑兵旅再次占领E.(应为伊莉扎维托夫卡的缩写——译者注。)"

背面有贴在日记1941.12.28—1942—1.1处的剪报:

敌人的反击被击退

梅列茨科夫将军的军队,3月17日(据我特别通讯员的电报)。

在前线的一个地段上,德国人进行了反攻击。多达三个营的法西斯分子步兵在15辆坦克的掩护下行进,与坦克一起行动的有很多自动枪手分队。

然而,德国人以反攻击来挽回失去的阵地的企图破灭了。

我炮兵、机枪手、自动枪手、坦克上的炮手顽强而勇敢地反击了敌人的逼攻。德国人在我阵地上投入了15辆坦克,4辆被烧毁,4 辆被我炮兵击毁,其余的退却了。没有坦克的德国步兵处在……①火力之下且损失惨重。敌人迅速退去,在战场上留下了 450 具尸体。

我们光荣的近卫军军人在前线的此地段上取得了不小的战果。

在一次战斗中,他们消灭了将近……②名敌军机枪手,并占领了数个掩体,就地打死了大约 2……③名德军士兵和军官。

空白处有 O.A.莱乌托夫手写的附言:
"36——1 个营——1 个连(60 人)。"

31/Ⅻ   1941 年 12 月 31 日
穿上了冬装。毡靴,伪装衣。

1942

1/Ⅰ.42   1942 年 1 月 1 日
新年晚会在勉强过得去的条件下(对于战争环境来说)举行了。啊,当然了,按照我的老习惯,喝了 200 克酒,半夜 1 点去睡了。头。今天有指挥人员的午宴。

---

① 印刷字符模糊不清。
② 印刷字符模糊不清。
③ 印刷字符模糊不清。

我决定不喝酒。观察醉醺醺的人们非常有趣。俗话说得对:酒鬼可不是不喝酒的人的朋友。机枪加年科(留下了)。泪水。大家坚持读我的新年"丝歌"①。大家把我像一位无所不知的教授那样推荐给情报处的领导,他含着泪握了我的手,并请求连长保护(如果可能的话)我的生命。他的助手(握紧小指——不喝酒②)。

眼看我们离开了拉维奥波利,去多尔然斯卡亚车站显然是为了派遣我们去西方面军。

好吧,我不反对。

师政治积极分子会议。团政委。进攻中没有一个团完成了任务。损失巨大——400人。651团在斯克良斯基的别人的地段上待了3天。法庭。营长的谎言。651团已经大约有一个月停止执行指挥部的命令了。米乌斯河有两个师防御:"维京"师(被打击 n 次)和捷克斯洛伐克师。对抗我们师的是敌人的营(就算有1000人),但我们却不能粉碎其抵抗。我们还是不善于进攻。营长们抱怨可怕的迫击炮和机枪的火力,他们在撒谎。敌人在保卫高地时采用了火焰喷射器。补充1000人。建立自动枪手连。收集捷戈奇亚列夫手枪和机枪。用铝热剂射击。捷戈奇亚列夫反坦克枪到了。把女人从部队清除出去。非俄罗斯人去43军。90个冻伤的,3个故意自伤的——枪决。146炮兵

① 此处俄语原文为"штихи",是诗歌一词"стихи"的误读,因二者在读音上有 s 和 sh 的区别,故此汉语翻译为"丝歌"。——译者注

② 握紧小指是奥列格·莱乌托夫帮助自己记忆的一种方法。如果要牢牢记住某件事,就紧紧握住下小指,下次看到小指的时候就会回忆起当时要记住的东西。此处是莱乌托夫采取这种方法让自己牢记不要喝酒。

团。减震器的弹簧。大负载。1000 次射击。

关于德国人。虱子的竞赛。军官的小狗和勤务兵。空军的恐惧。走廊上的碰撞。从窗户跳出和旁边的炸弹。

3/ I   1942 年 1 月 3 日

在多尔然斯基,60 公里的行军在艰难的条件下进行,伴随着零下 23 摄氏度的严寒和强风(约 9 米/秒)完成了,有掉队的和冻伤的。尽管准备充分,我还是冻伤了脸颊。昨天快入夜时,走得很困难。发了几小块巧克力。此外,回忆往事有好处,你会陷入沉思。一分钟都不能睡。今天用 4 小时走了最后 9 公里。

德国人折磨村民。他们用军刀砍鹅。让虫子吃了你们。打死……①撤退时,俘虏都被枪决了。

去车站的路上,在 30 公里的距离内散落着装载各种财产的汽车。别无他法,我们的汽车卡住了,没来得及从米乌斯撤退,就像现在产生的传闻一样:塔甘罗格被放弃了。抱歉,不是第一次说谎了。

(图片 55)

5/ I   1942 年 1 月 5 日

从阿列克谢耶沃—图兹洛夫卡到多尔然斯基的所有道路都被丢弃的汽车覆盖了。在通往这里的其他道路上,甚至乱扔着武器和坦克。人们把辎重车、汽车弄坏了,烧掉,再跑到村子里。冻

---

① 不能辨认。

死的马匹被扔下,很少有人被扔下。当然,机关枪也没有带走。

10/Ⅰ   1942 年 1 月 10 日

我们被调往伏罗希洛夫格勒州(现为乌克兰卢甘斯克州),利西昌斯克地区。第一印象:居民对德国人明显地敌视。简直不敢相信,十月份,这里的人们还明目张胆的,现在他们消失得无影无踪了。

在前线的这个地段,除了德国人,还有意大利皇家火枪手。他们抢起东西来一点儿不比德国人差,拿走一切东西(真的,不止一种方法)。

严寒时期,有一些火枪手死亡(一个甚至坐在一件羽毛褥子上,而另一个则盖着褥子,——反正冻死了)。撤退时这些人肆意妄为(有人在房间里大小便)。恶棍们大肆劫掠居民,以至于妇女们在车站上搜集撒落的粮食。这可是在乌克兰!

11/Ⅰ   1942 年 1 月 11 日

亲临大型打击的准备工作很有意思。每天沿着所有道路(好的和最糟糕的)行走着的俄罗斯士兵,绵延不断的汽车行列缓缓前进,骑兵部队疾驰而去。大部分行军都在夜晚完成。

德国侦察员白天飞越村落(在高空),没看到任何值得怀疑的东西——"俄罗斯人很平静"。

一两发火箭炮炮弹稀稀落落地飞到前沿阵地,有时机枪会响起来。

德国人隐蔽在战壕里,他们设防得极好,感觉信心十足。

而就在这时,从其他地段秘密调来的巨大力量在短短的地带上集结了:在每一个居民点,每一座房屋的墙壁的附近都停放着几辆汽车,停放着刷成白色的、被密布的炮包围的坦克。

10 点钟,突然炮声大作、飞机轰鸣、坦克启动——蚁穴动起来了。

我在乌克兰的尽头,过两个月我将在它的另一头(最坏的情况——在第聂伯河上)。

占领了莫扎伊斯克。

14/ Ⅰ   1942 年 1 月 14 日

将有大规模的行动,即使从我们师的情况也可以看得出来。

查点 2000 人的团(事实上,暂时没有步枪),给师团增加了坦克营(80)、迫击炮连、"喀秋莎"火箭炮等。

13 号,从 2 点开始,完成了从卓洛塔列夫卡到谢列布良斯科耶的 25 公里夜间行军(在顿涅茨河岸)。猛烈的暴风雪使行军变得困难,天气状况暂时不适合进攻:雪很厚。

18/ Ⅰ   1942 年 1 月 18 日

今天 5 点开始的进攻以解放顿巴斯为目的,相应地,也是场大型行动。在这次进攻准备中,首先应注意到完全的隐蔽性。

37 集团军在米乌斯前线的调动持续了 10 天以上,但直到到达利西昌斯克地区时,仍没人知道我们要被调往哪里。

然后,随之而来的暴风雪尽管让军队进入起始的位置变得困难,但也让隐蔽这些行动变得容易。师团获得了大量装备补充。我们有坦克旅(80)、军炮兵团、榴弹炮兵团、近卫火箭炮迫击炮营等等。出现了"克里门特·伏罗希洛夫"(重型坦克的名称)。短短 3 公里,总共有 160 门炮。

在我们师团前线的前面,敌人以 76 步兵师和 55 步兵团的达一个营的力量占据着防线,在斯拉维扬斯克—克拉马托尔斯克地区有后备军(达一个步兵师)。

19/Ⅰ   1942 年 1 月 19 日

师团突破了敌人的防线,一天就深入了 15 公里。又一个事实表明,进攻进行得多么隐蔽。被俘的德国人穿着拖鞋:他们在保暖防寒的窑洞里玩牌休息。

所有通往窑洞的路都被布了雷。我们的损失——30 人死,200 人伤。德国人 80 人死。左翼的邻军——99 人,右翼——275 人。左翼邻军掉队的不多,右翼多一些。

几个村子被包围了。我们的司令部没有向前移动,因为前面的被解放的村子受到了来自侧翼被包围村落的扫射。今天的任务:占领拉伊——亚历山德罗夫卡并继续向克拉马托尔斯克方向运动。

21/Ⅰ   1942 年 1 月 21 日

拉伊—亚历山德罗夫卡还没有占领。今天的任务——占领它并在日终之时占据尼卡诺罗夫卡,继续向新斯维特进攻,它是克拉马托尔斯克的起点。

昨天去德军的设防地带还检查了窑洞。收集到防毒面具、信号弹、Ersatz(代用品,德语)—毡靴、送给柳芭的帽子①。窑洞的装备很好,很温暖,门甚至用草席包上。有些窑洞里边放着钢丝床,全是被子和破旧衣物,还有大量的弹药(子弹、手榴弹、梨形手榴弹)、用于阅读的书籍。总之,根据所见所闻可以判断出他们准备过冬。一直挖到晚上,由于夜色已至,有碰到地雷的危险,我们不得不停止了。

部队不断得到装备补充,包括坦克。我们被打死的人大部分是阿塞拜疆人和格鲁吉亚人。

23/Ⅰ   1942 年 1 月 23 日

拉伊亚历山德罗夫卡没被占领。进攻不得不在艰难的条件下进行,零下 31 摄氏度。所以,为争夺拉伊亚历山德罗夫卡,我部队被迫于夜间撤到最近的村子。敌人负隅顽抗,损失重大,4 位营长阵亡。在这样的严寒中,伤势不重都会致命。见鬼吧,我们还是进攻得不出色。一出现坦克,通常就撤退。指挥员不能胜任。

占领拉伊亚历山德罗夫卡后将占领斯拉维扬斯克—克拉马托尔斯克前的高地上的设防地带。设防是居民在夜里建造的。

今天审问俘虏:捷克人和德国人。没探听出什么特别的,这个"十字架"系统②牢固地保守着秘密。

---

① 这是莱乌托夫在收集战利品时找到的一顶帽子,然后要把它送给某个名叫柳芭的女同事。这种帽子很暖和,形状类似头盔,可以遮住头发和耳朵。

② 此处的十字架指德军使用的一种毒剂,与下文的(1942 年 1 月 25 日)"蓝色十字架"是同一种物质。

25/Ⅰ   1942 年 1 月 25 日

20 号占领莫扎伊斯克,23 号(占领)乌瓦罗沃。昨天有关于占领霍尔姆和西德维纳河的消息。我们师现在是第 14 近卫军师。

1 点从南边绕过拉伊亚历山德罗夫卡。

"蓝色十字架"毒剂像"Klark'",不适用于熔解温度。①

26/Ⅰ   1942 年 1 月 26 日

37 集团军的地段上有第 94、76、276 和 275 德军师团防御。今夜拉伊—亚历山德罗夫卡被包围。部队向奥列霍瓦特卡出发。我们迁往克里瓦亚卢卡。

29/Ⅰ   1942 年 1 月 29 日

出发取消。在占领奥列霍瓦特卡时,弹药和装备仓库、师军医院落入我们手里。得不偿失。部队进入奥列霍瓦特卡,与邻军相距甚远。左侧的邻军(99)27 号跟我们会合,但他们在敌人 6 辆坦克出现时从尤里耶夫卡向后开走了,将我们的团留在了奥列霍瓦特卡。与自己人隔开的 209、43 团组织了环形防御。昨天晚上,99 军又跟我们会合了。

---

①　奥列格·莱乌托夫当时对德国人使用的毒剂进行研究和鉴别。"Klark'"是一种毒剂,但具体指什么已无从考证。"蓝色十字架"与"Klark'"相似,但它对现有标准的熔解温度不适用。

近卫军军人的传统①

（由《消息报》特别通讯员报道）

我们穿过不久前法西斯分子曾横行霸道的村子。半倒塌的农舍通过孔洞忧郁地看着街道。

死亡和破坏控制了这里。但某处屋檐下，烟囱里已经有缕缕轻烟向蔚蓝寒冷的天空升起，这是复兴的标志。居民们从地下室里出来了。舍佩托夫同志指挥的近卫军军人部队将生命的气息带到了这里。舍佩托夫的部队将德军第228、229、399和13步兵团打得落花流水，它使第16摩托化团"SS"和第3马扎尔骑兵团受到重大损失。

近卫军军人顽强而勇敢地战斗着。向L村进攻时，需要突破机枪手的封锁线。上级政治指导员索隆恰克和5名战士接受了这个任务。在交叉火力下，他平静地向德国机枪手藏身的干草垛爬去，并向他们投掷了手榴弹。

在猛烈的火力下，连长科莫夫高喊："为了祖国，冲啊！"其分队第一个冲入村庄，在闪电式的战斗中，夺下德国人三门炮、四挺轻机枪。

法西斯分子试图在农舍中防御，但近卫军军人在那里找到了他们。科拉夫琴科少尉悄悄地走进其中一个农舍，消灭了6

---

① 粘贴在日记中1942.1.26—1942.1.29处的剪报。

个德国人。

近卫军军人喜欢突然袭击,使敌人措手不及,但自己从不在任何情况下张皇失措。

不久前,发生了这么一件事。侦察员日沃洛科夫和扎多罗日内①进了德国人占领的村子,突然与8名法西斯分子士兵相遇。看到侦察员,德国人喊道:"俄国士兵,投降吧!"对此的回答是扎多罗日内开始用纳甘式转轮手枪射击,日沃洛科夫开始拼刺刀。他们杀了四个法西斯分子,迫使其余的逃窜。

炮兵战斗出色。最近几天,炮长下士米泽林与步兵一同进攻,直接瞄准打击敌人,摧毁了2门德国炮、3个机枪巢并消灭了100多名士兵。

近卫军军人有一条极好的规矩——在战斗中救出指挥官,如有需要,为他牺牲。前天在S村的街上,冲到前边的营政委鲁缅采夫受伤了,在他旁边战斗的是红军战士沙巴林。德国人包围了他们,沙巴林冒着生命危险,把受伤的政委从火力下带走。

中尉莫罗兹也经历过这样的事,把受伤的团工程勤务主任从战场上带走的时候,他撞上了德军自动枪手散兵线。莫罗兹穿着白色伪装衣,一个人不管怎样都能从敌人的包围圈中突围,但难道能丢下主任吗?中尉用自己的身体掩护他并隐藏了起来,随着黄昏的来临,他跑出来并带走了伤者。

因为有这样战士,舍佩托夫的部队击溃了敌人,它运用勇敢的调动包围了敌人并给予打击。关于近卫军军人是如何打德国

---

① 文中日沃洛科夫和扎多罗日内的姓氏用铅笔画了线,在背面空白处有奥·亚·莱乌托夫的手写附言——"我的人"。

人的,从这样的事实中可以得出结论——最近五天,部队消灭了法西斯分子官兵达千人,夺取2面旗帜、45门炮、60挺机枪、14门迫击炮、4700发炮弹、19辆汽车、270匹马和辎重车,很多步枪以及将近9万发子弹。

在这5天中,近卫军军人从德国人手里夺回了数个居民点。我近卫军军人经过的道路上散布着德军士兵的尸体、被击毁的辎重车、烧毁的汽车等。仿佛飓风一般,近卫军军人在丘陵起伏、沟壑高低不平的雪原上疾驰而过,用自己强大的力量摧毁了可恨的侵略者的军队。

但这场飓风带来了生的复兴。我们驶过从德国暴徒手中解放的村庄时,凭着斧子欢快的敲击声,凭着农民的孩子们响亮的笑声,我们明白生活又回到这里了。而舍佩托夫的部队已经继续前进,去解放新的村庄。

V.波尔托拉茨基

南方方面军,1月28日

30/ I   1942年1月30日

命令:占领拉伊亚历山德罗夫卡。

法庭。自伤了肩部的教师。全部承认了。渔夫——逃兵,我们撤退时他藏了起来,然后向德国人讲出口供,被送到战壕。右翼部队与我们一起开始的进攻(18号)进行得很成功。100公里。占领了巴尔文科沃和洛佐瓦亚。

2/Ⅱ   1942 年 2 月 2 日

德国人从斯拉维扬斯卡方向对奥列霍瓦托夫卡施以强大的压力,结果我们团不得不放弃它。拉伊亚历山德罗夫卡还在德国人手中。我们摧毁了 5 辆坦克,夺取 2 门炮,击毙 1000 多个德国人。(170)。

占领克拉斯诺阿尔梅伊斯克、康斯坦京诺夫卡,正在进行争夺德鲁施科夫卡的战斗。

我们的部队放弃了费奥多西亚。

5/Ⅱ   1942 年 2 月 5 日

前线部队进攻行动的结果是在我们进攻部队的后方,在斯拉维扬斯克——克拉马托尔斯克——阿尔乔莫夫斯克地区留下了敌人的强大部署,成为今后成功进攻帕夫洛格勒的障碍。任务:以 37 团(从北)、18 团(从东)、57 团和 9 团(从西)的力量摧毁这一部署。今天中午应占领斯拉维扬斯克。我们向阿尔乔莫夫斯克进攻。

6/Ⅱ   1942 年 2 月 6 日

37 团的进攻暂时被取消。至于其他的,还不清楚。

7/Ⅱ   1942 年 2 月 7 日

5 点钟,部队进入出发位置。6—8(点)——炮火准备,8(点)——进攻。43 团的化学勤务主任在从奥列霍瓦托夫卡出发后下落不明(他跟着两辆坦克一起走的)。代替他的是——

卢琴科(见"O.A.莱乌托夫的简要战时生平")。

我不去7—30 km外的指挥所,取而代之的是去检查。

严寒、强风、厚雪。

8/Ⅱ   1942年2月8日

德国人的防守异常坚固。要是我们这样行动的话,那就依然停留在第聂伯河上了。(我们的错误,我们对设防区的作用估计不足。)

德国人的给养供应很好,在奥列霍瓦托夫卡占领的仓库中就看得出。德国人在14军的前线前固守彼得罗夫斯科耶——这是通向阿尔乔莫夫斯克的关键。彼得罗夫斯科耶本应昨天就攻占的。希特勒向斯大林学习,他的所有力量都投到消耗我军上来了。所以我们应该尽可能晚地使用后备军,也许用在德国人春季的反进攻时。

9/Ⅱ   1942年2月9日

彼得罗夫斯科耶仍未攻占。原因:地形开放和德国人特别巧妙地建成的火力系统。"克里门特·伏罗希洛夫"①在街上通过又返回。

战士们扔掉防毒面具,尤其是在进攻时。为什么不采用烟雾?

我跟团指挥部一起到达。村子还没被占领。团里幸存的人很少。遗体安葬的工作(向德国人学习)。德国人负隅顽抗。

---

① 重型坦克的名称。——译者注

这样还能坚持多久？

12/Ⅱ   1942 年 2 月 12 日

情况依旧。实验了赫罗姆燃烧瓶。

31 号《真理报》上关于第 14 步兵近卫军师的文章：战争中击毙 2 万德国人，坚守前线 145 公里，季姆留克——100 辆坦克等。

增员多少？

德国人散发传单："你们用雪橇追赶我们，春天我们用坦克追赶你们。"很明显，过三个月左右，德国人将试图进行大规模的反进攻。当然了，他们真实地评价了在冬季应用坦克的低效性，已经把它们从前线调走了。总之，过一个月后（三月中旬）就能判断此次反进攻的性质了。

德国人面对坦克还是比我们的人无惧得多。

毁灭冲击的大师①

（由《真理报》特别军事通讯员报道）

96 步兵师走过了一条不平凡的路。在不断的战斗中，它强大并成长起来。战争刚开始时，敌人如同狂暴的野兽一般冲向我们的边境，师团坚守 142 公里的防线长达 12 天。与我师团对抗的是第 4 山地步兵精锐旅和配属火炮及坦克的第 8 山地团。

---

① 粘贴在日记中 1942.2.9—1942.2.12 处的剪报。

德国—罗马尼亚军队每次突破我防御驻地的企图都失败了。

完成了总的战略任务后，红军部队撤到了新地区。但撤退时，师团使敌人精疲力竭，消灭了其有生力量和技术力量，同时细心保护了自己的战士和用于将来决定性打击的物资。战士和指挥官努力研究敌人的战术，看穿敌人的诡计后，他们成了毁灭冲击的大师。楔形冲击获得了存在的权利并被列入师团的"武装"。

冲击设想在格列伊戈沃村附近的战斗中得到了第一次试验。敌人在因古尔河东岸以活动部队完成了包围圈，军指挥官给师团下达任务——冲破包围圈。师团指挥官、"苏联英雄"伊凡·米哈伊洛维奇·舍佩托夫以楔形冲击设想为基础来完成任务。集中至一点的火炮向村子发射密集火力，然后步兵冲上去急速攻击。在势不可当的进攻中，96师的官兵们冲入格列伊戈沃村，夺取了大量战利品。战场上剩下了超过500具德国士兵和军官的尸体。

后来楔形冲击运用在师团的所有战斗中：在扎谢利耶村，第聂伯地区防线，在泽廖内加伊农庄附近，在阿利克谢耶夫卡、波波夫卡、白教堂附近的战斗中都得到采用。

在残酷的战斗中，师团歼灭了超过2万法西斯士兵和军官，夺取并摧毁超过40门炮、148辆坦克、53挺机枪、19辆装甲车、330辆汽车、240多辆摩托车、21门迫击炮、2架飞机、1艘日耳曼飞艇和其他很多武器、弹药及装备。

师团的官兵积极参与对克莱斯特集群的歼灭。扎斯拉夫斯基少校的部队应控制伊耶诺沃村，但是在路上意外地出现了障碍。侦察表明村子里有精心伪装的 15 辆坦克,不能正面占领村子,于是决定智胜敌人。我们将近一排步兵显示出正面进攻的样子,而此时主要力量开始以钳形包围。敌人没有怀疑到危险,将自己所有的力量都投入抗击正面攻击中,于是陷入了陷阱。其坦克从隐蔽处驶出,暴露了自己。

这也需要我们炮兵的配合。帕斯图申科大尉的炮队逼近目标,击毁了 6 辆德军汽车,迫使其他的逃窜。此时村子已经被从侧翼过来的步兵占领了。

战士们用手榴弹和燃烧瓶好好款待了配备装甲的希特勒分子,又摧毁了 4 辆坦克,同样的命运也落在了德国步兵的身上。他们企图从被包围的村子里溜掉,但被无情地歼灭了。"别沿着斜坡走——把靴子都磨偏了!"战士们重复着科济马·普鲁特科夫的名言,查看着被打死的法西斯分子和丰厚的战利品。

在突破冲向蕴含石油的巴库的克莱斯特集群的西北屏障时,师团的作用突出。我部队在米尔斯科耶扎伊采沃地区突破了克莱斯特的工事,给党卫军"维京"师和第 16 坦克师加以明显的打击。决定性的战斗在争夺皮萨纳亚和卡缅纳亚高地时激烈起来。战士们包围了德国人后,从两个方向占领高地并主宰了战局。

苏联人民永远铭记米克列伊少校的功勋。45 辆德国坦克,掩护着自己的步兵,猛冲向米克列伊的部队。但战士们没有颤抖,用炮火、手榴弹和燃烧瓶摧毁了 26 辆装甲车后,他们应团长的号召进行了反攻击并击退了数量上占优势的敌人。米克列伊壮烈牺牲,但对他的怀念永不磨灭。

毁灭冲击的行家们处于不断完善之中,他们将必须探测德国人的力量、设备和防御系统作为法则。

现在他们一旦寻找到薄弱地带,就冲破敌人的强大设防线,在其战斗队列中打入明显的楔形。光荣的苏联战士们一步步地向前挺进,把法西斯暴徒从顿巴斯清理出去。

据国防人民委员的命令,96 步兵师改编为第 14 近卫步兵师。1 月 28 日,在前线战场上授予了它近卫军旗帜。

A.阿诺欣,D.阿库利申

作战部队,1 月 30 日

15/Ⅱ   1942 年 2 月 15 日

早上进攻开始。占领彼得罗夫斯科耶。邻近的 N.-Urk(地名——译者注)。有计划地发展。格鲁吉亚人在"左翼"。没见到德国空军。我们的空军在行动。2 个坦克旅在行动。很多"克里门特·伏罗希洛夫"(重型坦克)在维修。

18/Ⅱ   1942 年 2 月 18 日

看了看这本日记的前几页,个别地方(9 月 14 日)唤起了我宽容的微笑。在这半年的军事活动中,我的变化可以从性格和思维的形式上表现出来。

冷静地分析这些变化很有意思。

一年前我在洛谢娃那里,发生了典型的过度行为:爱上了、沉醉了、迷醉了(可能更确切的是——沉醉了,迷醉了,爱上了）。现在关于这个夜晚的回忆很容易就让人笑起来。

尽管奇怪，我对姑娘们的态度十分冷淡，在对待事物的看法上稚气消退了许多。玩世不恭的毒药，这毒药的最初几滴毒汁从朋友那里得到，它逐渐渗入脑髓。

军事纪律非常容易培养。在某种程度上，军人向来是和机器一样的人，我获得了这个特征。显然，这是在与人交往中消除所有墨守成规的原因。因祸得福。我的特点就在于某种宽宏大量。假如我能活下来，难道我会保留这种令人怀疑的品质吗？因为关系和行为制定出规则，控制自己成为习惯。变得更懒了。由于每天的体操、冲洗，几乎对各种类型的感冒免疫了。锻炼士兵的战斗品质无须特别努力，重要的是对恐慌有先天的免疫。

彼得罗夫斯科耶的进攻持续了三四天。图画（？）①43。在毫无成果地尝试了一天之后，占领彼得罗夫斯科耶的舍佩托夫（进攻前获得了列宁勋章和金星勋章）的命令到达了司令部：一小时后占领村子，否则枪毙谢米扬尼斯特和杜宾纳。现有 2 个营（将近 80 条枪）。政治局的领导抵达，要求营长们——要么是证件②要么是村子。

村子还是没占领，坦克与步兵的协作根本不是那回事，没找到（看到了吗！）协作的形式。

昨天摩托化步兵旅替换了第 43 连。从今天早上德国人就

---

① 无法辨认。
② 指联共（布）的党员证，"证件放桌子上"即开除出党。

开始了非常猛烈的炮火袭击。

我们放弃了别斯克罗夫内。如果敌人不是完全疯了的话，他们不会将自己的步兵投入进攻。"喀秋莎"火箭炮打得越厉害，步兵在防线上就发挥得更好。（用铲子拍后背在进攻中也没有帮助①——没奏效。5个被枪决。）

我们的3个人，加年科、比利亚、马梅达利耶夫被呈请给予奖励（消灭了4∶5∶5）。连长、政治委员都将成为勋章获得者。特征。

两个冲锋枪手连开始进攻。我们师的右翼和左翼的恐慌。我们团击退了攻击，打坏3辆坦克并恢复了状况……猎……在坦克上摧毁……②

在法庭上用显微镜确定自伤。

23/Ⅱ   1942年2月23日

转到伊凡诺夫斯基（通过斯维亚托戈尔斯克）——25公里。熟悉的地方。的确，斯维亚托戈尔斯克的冬天的景致比夏天逊色不少。

昨天出席了师指挥人员会议。

舍佩托夫的个性给我的印象非常好。除了一位有影响的军事社会主义者的毫无疑义的品质外，他给人的印象完全是位有文化的人。他言语得体，讲粗话也有尺度。

---

① 1942年2月下旬，在试图占领彼得罗夫斯科耶村的这些持久战斗中，步兵不愿前去进攻，只能赶他们前进，用铲子打他们的后背。尽管如此，士兵们还是不愿去，结果还是未能夺取村子。

② 无法辨认。

问题：

1. 收集所有人的适用于火炮的马匹。需要救它。在 Kr. 利曼炸死了 35 匹马。从部队指挥官那里收集多余的。

2. 休整中的部队疏忽大意：未设置哨兵和瞭望兵。犯罪。（在 N—A、列兹尼科夫卡、卡列尼基的恐慌呢？我们不太重要的邻军——51、317 步兵师，不能掌控住我们从波利托特杰利斯科耶那里占领的领土。）总有一天，会因为战斗中多余的牺牲而追究指挥官和政治委员的责任。国家可不是孵化器。

补充 2000 人，指挥人员自己训练他们。新兵的素质堪忧。99 步兵师排长："小时候爸爸妈妈为我操心，现在我必须为他们操心。请把我从红军中开除吧。"最后以朝自己的腿开枪而告终。人们补上一枪将其打死。

使用军用水壶和盛着雪、面包的小锅自伤。第二次和第三次自伤。小心武器。

我们的敌人现在是 113 步兵师；来自克莱斯特的 14、16、60 摩托化步兵军团；95 步兵师（97 步兵师遭散，它的部队补充给 95 师）。113 步兵师在这里设防了 3 个月。

萨巴达舍夫斯基①。进军进行得不好。所有指挥官和政治委员都坐在敞篷汽车里。指挥官和政治委员应当带领部队。前线的飞行员报告说队列行进得不成样子。一些领导——就像雪

---

① 团政委，详见后文剪报《相遇》。——译者注

橇上的劈柴①。

反坦克枪连——26 人。领导们喝了 2 升,其余的——600克。

自动枪手连损失了 75% 的捷戈奇亚列夫冲锋枪。收集。因武器损失大于 10%——命令:上法庭。

27/Ⅱ   1942 年 2 月 27 日

涅克列缅诺耶(乌克兰村庄)。23 号师司令部的音乐会。昨天会见 66 骑兵师(库班人)。

26 号会议。舍佩托夫。暂时没有增补。57 军分队很快就提供增援。28 号行动开始。保守秘密是成功的保证(德国人等待 23 页的传单)。进行政治工作,组织所有类别的军队协作。配属的:16 坦克旅,重……②榴弹炮火炮团。攻击居民点。营长将居民点划分开,连长接着划分,排长在设防点的突击上用 5—6 人。各军种之间的对抗过时了,特别是炮兵的高傲也过时了。自高自大随处可见,而在彼得罗夫斯克却没能压制住火力点。命令:45 mm 和 76 mm 炮应在步兵的战斗队形中并直接瞄准,压制住敌人的火力点。炮兵瞭望员应在诸兵种合成的领导的观察点上。如果火炮会打中自己人,那么要避免自己空军的轰炸,应准备识别布标。进行战斗的部队应有战斗警戒和侦察。在奥切列金诺第 245 和 265 步兵师没有侦察和警戒,他们在侧翼受

———————

① 此处大概是指领导喝醉了,拉着他们在车上就像拉着毫无生命的劈柴一样。

② 无法辨认。

到打击后迅速后撤。每个连应有歼击机队用于夜间作业。统帅部的命令：昼夜侵扰敌人。

第265步兵师（布里利扬）的一个团无警戒行进，侧翼受到打击，四散奔逃到奥切列金诺。收集武器。特别注意与买卖旧物品和抢劫行径做斗争。回到奥切列金诺的一个师开始买卖辎重，载有10个自动枪手的坦克将其赶走。在奥切列金诺——蜂蜜桶上的地雷。损失。

师团火炮和统帅部预备队应位于距敌人1公里处，而不是处于后方。坦克上准备登陆人员，他们不会因为德国人的第一轮射击而跳下。在每一个营组建防空值班排。

对飞机进行齐射。要求炮兵制作武器模型并将其放在炮兵阵地周围。（57军的经验：德国人连续数天轰炸模型。）军队的军事委员会注意到迫击炮和机枪火力的犯罪式使用。我们有能力在每一平方米填埋1—2颗地雷。运输弹药的责任委托给部队的指挥官。

总统帅部与作战谎言进行了严酷的斗争。营长应与部队一起行进。团长在1—2公里处。在里亚任内附近，第155步兵营的指挥官和政治委员藏在井里躲避战斗。战斗秩序应根据前线和纵深的情况而调整。由于一起行进，我们损失了政治局的领导、41近卫步兵师的指挥官等人。

敌人撤退时——要跟踪追击他们，不互相张望（杜宾纳、扎斯拉夫斯基、加夫里洛夫）。禁止在夺回的地点使用水、饲料、食品。（在韦利日附近，由于错误给我们扔下食品。）缴获的武器立刻用于对付敌人。

推广反坦克枪。在列兹尼科夫卡附近(恐慌),他们打坏 3 辆坦克。把它们 2 个连在一起、4 个连在一起,伪装起来。

特种部队的防御很不好。自伤者就地枪决。我们给补充来的新兵留几个自伤者——到时候就枪毙(自伤者)①。从后方清理多余的人,并把人们编排到队伍中。(现在有 800 人,服役的 30 人。)在斯拉维扬斯克建了 3 所面向 10—12 岁的少年的间谍学校。挑出了一些人,但还有 16 个在上课。

不要对居民采取放任的态度。他们拿走受伤的战士需要的一切。(他们自己往卫生营给德国人运牛奶。)拿走马匹,它是集体农庄的。特别注意对死者的埋葬,这个要向德国人学习。

关心伤员。36 近卫步兵团收集伤员,两天没有喂饭。及时向家属通知战士和指挥官的情况。

萨巴达舍夫斯基。敌人在 57 军的前线之前。被击溃的 60 摩托化步兵军团、14、16、101、100 步兵师;有 100 辆坦克不是一等品。57 军的荣誉。集团军司令命令我们组织进攻,大致像德国人那样——用散兵线(当然了,是化整为零的)。为避免向后逃跑,用带机枪的两个排巩固后方的散兵线。进攻中的两种感受:爱国主义和本能的恐惧。

后方在说谎。武器损失:36 近卫步兵团从 17 号到 25 号——损失 336 把步枪,铲子和防毒面具的损失情况更糟。自动枪手连损失了冲锋枪。41 连有 90 挺捷戈季亚列夫冲锋枪,

---

① 指苏联卫国战争时期对军队中为逃避战斗而自伤的人员的处理方式。将自伤者暂时留下,待无战斗经验的新兵补充到队伍中时,将自伤者当其面枪毙,杀一儆百。

现在剩 8 挺。

我对酒精的依赖加深了。昨天跟库班人见面,喝了 2 杯德国白兰地和半杯烈性甜酒。(舍佩托夫同志——苏沃罗夫同志和库图佐夫同志的前辈。)

早上只是头稍微有点儿疼。

鲍里斯·戈尔巴托夫[8]

相遇①

(摘自军事通讯员的日记)

战斗就在旁边进行,在教堂后面。在指挥部暂时安置的房子里,玻璃一直不停地、轻微地颤动作响,好像热病让石头建筑抖个不停。角落里,在干草堆上,话务员、通信员、联络员和伤员翻来覆去,窗前笨重的大块头团长什克雷廖夫少校声音嘶哑地对着电话说话。

"布拉斯拉维茨的摩托化营在哪儿呢,在哪儿?"他用伪装服的袖子擦擦出汗发热的额头。

"布拉斯拉维茨的人来了!"突然,通信员一进门就欢呼着喊起来,布拉斯拉维茨少校走进房间。

什克雷廖夫高兴地站起来迎接他。

"嗯……"他刚一说话,就带着一种毫不掩饰的轻松深深出了口气。只有那种很多天"用尽最后的神经"打仗的人才懂得

---

① 放在日记中 1942 年 2 月 27 日处的剪报。

最终获得援助意味着什么。

现在他们相对而立——高大的什克雷廖夫和瘦小的、像个少年的似的、出名的布拉斯拉维茨，屋子里的玻璃还在轻微地颤动着，好像在打寒战，教堂后的战斗进行得愈发激烈。

布拉斯拉维茨少校举手行礼，清楚地说道：

"什克雷廖夫排长①同志！初级指挥员布拉斯拉维茨报到！"

什克雷廖夫吃惊地看了看他，房间里是昏暗的，只有闪亮翅膀的"蝙蝠"在墙壁上匍匐爬行，突然他不知为何喃喃地说："是你吗，布拉斯拉维茨？是你？"

什克雷廖夫回忆起了和平时期的营房，河流上的营地，驻防区的生活，紧挨着他们曾经一起学习的团队学校的棕红色的运动场……但突然间炮弹带着尖叫飞过房子，落在后边的花园里；玻璃神经质地发出响亮的叮当声，不得不让人想起战争，两位少校，在战争中相遇的老朋友，立刻就俯身看地图了。

* * *

战斗中的相遇……这九个月仿佛一整年：发生了太多，经历了太多……

回忆起七月，又是道路，又是溅上污物的嘎斯牌汽车在坑坑洼洼的路上跳动着，被崎岖不平的路、荒地、田野折磨。头顶上也已经没了天空，没了太阳，只有向日葵的黄太阳。司机特罗菲姆·托科沃伊像开坦克一样割它们，就连他自己也惊奇地笑着。

---

① 前文此人为团长，此处为排长，原文如此。——译者注

我们在找特姆奇克少校的小山地步兵团，昨天该团击溃了德国人的两个营并在战斗中夺取了旗帜。我们在休息地——树林边缘找到了它。

"在哪儿可以见到特姆奇克少校?"我们问一个不认识的营政委。

他沉默地指了指:"这就是。"

汽车旁边的地上，一个疲劳的人在睡觉，双臂随便伸展着:蚊子叮咬他的脖子——他没听到。

"三天来第一次睡觉。"营政委说道。"叫醒吗?"他看看少校,他的目光里有这样一种同志般的关怀与热爱,以至于所有人都感到自己错了。

"不,不……我们等等……您是谁?"

"我是团政委萨巴达舍夫斯基。"

这个姓名根本没听说过。

然后我们躺在散发着甜甜荞麦蜜味道的地上,政委讲述了昨天的战斗。黄昏静静地笼罩在树林上方,行军拴马桩旁边流汗的马匹正站着打盹,林中小路上哨兵有节奏地走着,不由得让人想:真奇怪,为什么在直接接近敌人的战斗部队中,比在后方梯队中有更多的信心和平静呢?

后来特姆奇克少校醒了——是个个子不高、腼腆而单纯的人。他非常简略地讲了战斗的情况:"为德国人费了不少劲。"我问:"政委,怎么坚持到最后?"萨巴达舍夫斯基平静地说:"我们就坐着! 我就坐在防线里,直到德国人自己跑了。"接着还是很简略地谈了团的情况:"我在这个团16年了,从红军战士到指挥官。"而后照例说起了家庭:"要知道我是当地人,在家乡打仗,家就在附近某个地方,一收到战斗命令——我就看:路是不是穿过我们村?不,没有……暂时没穿过。"

突然,他想起了什么,喊起来:

"我是怎么了?要知道我还有一瓶香槟。一直开车,没机会。现在有机会了!啊,为了新的相逢!我们一起喝完一瓶香槟,用香肠下酒。"

后来我再也没遇见过特姆奇克少校!他在乌克兰草原的某个地方,在家乡的土地上长眠——再不醒来!

但在南方前线遇不到彼得·萨巴达舍夫斯基政委很难——他总在有战斗激烈、有光荣事迹的地方。

通讯员不必再问一遍他的姓名——战斗政委的姓名现在尽人皆知。说出"萨巴达舍夫斯基",大家都回应道:是舍佩托夫的人?你说"是舍佩托夫的人",所有人都会回忆起格雷戈夫斯克战斗,突破包围,决定了罗斯托夫的命运的图兹洛夫卡突破。舍佩托夫的人永远都在热点事件的地方,而在舍佩托夫的人激烈战斗的地方,就有萨巴达舍夫斯基。

有次,在一月的暴风雪中,我从前线去编辑部。大雪掩盖了道路,我扔下汽车,蹒跚步行,骑马,乘雪橇,坐蒸汽机车、扫雪机——突然在一个小中途站我看到了军列。对我来说,与军列同路是莫大的幸福。这是舍佩托夫的人,正在向新的热点事件赶去。

正是深夜,列车已睡去,只有列车的领导扎斯拉夫斯基少校(后来他壮烈牺牲)忙忙碌碌,沿着站台奔跑,对着铁路工作人员喊叫着——他是个急性子的人。

"萨巴达舍夫斯基在这儿吗?"

"团政委在睡觉,"少校答道,"叫醒吗?"

我想起来萨巴达舍夫斯基是如何注视着睡着的特姆奇克少校,这目光中包含了多少同志般的热爱和关怀啊,我又感到自己错了,我是个通讯员,我的职业是不打扰劳累的人们,我说:"不……干吗叫醒呢?还会见到的!"

转眼就二月了。在顿巴斯一个不大的镇子里。被雪覆盖的公园。战士们整齐的横队。一派节日的平静。

站在师长苏联英雄舍佩托夫少将旁边的是他的战斗政委彼得·维塔利耶维奇·萨巴达舍夫斯基。他们接受了近卫军旗帜。

* * *

又是七月,所以七月是所有前线相遇的开端。

"谁能想到呢?"团长对我们说,"特卡奇少尉?真是个好样的!要知道以前纪律方面有过不好的记录。"[1]

在树林里,在伪装好的火炮旁边,火力排指挥官海姆·特卡奇给我们讲述了自己的生活,他不加掩饰地讲述起来,尽管这生活是混乱而毫无条理的。

就在今天,几个小时之前,战斗的火焰还未从脸上消退,炮兵海姆·特卡奇用直接瞄准的方式完全击溃了德国的车队。是

---

① 在此段左边的剪报上,奥·亚·莱乌托夫用铅笔写道:"被判有罪"(这是指谁,指团长或是特卡奇少尉,无法查明——作者注)。

的,是猛烈、出色而可怕的打击!德国越野车的碎屑飞溅,发动机爆炸,车身轰然倒塌,残骸掩埋了尸体。而特卡奇还在用自己的没什么防护的小炮不停地射击,在这齐射的火焰中诞生了新人、英雄,以前谁也不相信他:祖父、父亲、家乡都不相信他……

那时我们在报纸上报道了海姆·特卡奇,讲述了一个被卫国战争的圣火改变的人,但在内心深处仍旧存在疑问:要是这仅仅是偶然,是一段插曲呢……

不久前,听到邻军的火炮的悦耳声音,我掩饰不住赞赏之情:

"打得真棒。您知道是谁吗?"

"特卡奇的炮队。"

"海姆·特卡奇?!"我高兴地喊起来。

"勋章获得者特卡奇的近卫军炮队。"人们严肃地回答我。

* * *

"您认不出我了,政委同志?"

我面前站着一个穿着棉袄,个子不高的战士。他笑着说:

"想起来在哪儿了吗?!还是在第聂伯罗彼得罗夫斯克附近,在路上。那时候您还骂了些不好的话。"

"啊!"

我记起了烟雾中的第聂伯罗彼得罗夫斯克和通往季耶夫卡、苏哈切夫卡、凯达卡的道路。

"那时候我觉得委屈,"穿棉袄的战士一直笑着说,"要知道我不是……那会儿政治指导员跟我们谈起您说:这个政委是从报社来的。就再没遇见您的机会了。"

"是啊……"我不知道在这种情况下需要说些什么,相当不合时宜地说道:"那么,现在你们不撤退了?"

但他没有生气。

"为什么撤退?现在是德国人在撤退。"接着,他垂下眼睛,羞怯地补充道,"政委同志,我被授予了勋章。谢尔巴科夫·伊凡,您可能听说过?"

* * *

这次相逢是因为酷寒冻住了土地而发生的,晚上黑得厉害,货车司机说:"我开不了了!冻僵了。"而整个光秃秃的、被雪覆盖、多刺的草原上再没有其他隐蔽所,除了这个路旁一侧的小农庄。

在这里发生了"与认识的编号"的相逢。小农庄是那么的小,以至于夜晚也能数得清所有小木屋:每一所木屋里面都挤满了战士。我问:

"哪个团的?"

人们给我说了番号。它让我觉得似曾相识。

"请问,"我高兴地喊出来,"那么这是第四师吗?"

"是……那您知道我们师?您在这儿服过役?"

不,没有服过役,我甚至一次也没去过这个师,为什么"第四师"这个词突然给我带来这般温暖的感觉呢?为什么不认识的人让人感到亲近和久已相识?

……在卡累利阿地峡的二月战役中,武奥克萨河—维尔塔已是一片冰封。我们团替换了先前作战的部队,我们占用了我们的同志们开辟的避弹所,这些避弹所被他们的热气暖热,洒满了他们的鲜血。团以连为单位开走休整,他们从我们身边走过,都是些疲劳的、没刮脸的战壕里的小伙子。他们什么也没说,但我们懂得他们的眼睛在说:"打仗别比我们差。我们赢得的别再还回去! 前进! 我们休息好,就替换你们。"这是——第四师的团,我在漆黑一片的夜晚,在顿河草原上的前线道路上偶然遇到了这个团……

* * *

我们坐在陌生的、偶然走到的小木屋里,喝着茶抽着烟,说着过去的行军,未来的战斗,还有温暖的谈话,我们想,红军对我们来说早就成了一个亲近的家,一个大家庭。

战士们伟大的兄弟情谊! 在所有路上总是不停地遇到同志。只需一提起"尼古拉耶夫""卡霍夫卡""霍尔季察""切尔涅尼卡"——这仿佛就是相逢时的密码,就已经回想起了一些东西! 问到同志们,会听到:某人阵亡——英勇献身;某人活着——已经成长了。

……战争会结束,我们能赢,而我们会活下来。在某条街道、在某辆有轨电车上、在某个俱乐部里,我们会突然面对面相遇,我们会仔细看看对方:

"同志,我在哪儿见过你?"

我们两个会猛地喊出来:

"在南方前线!"

我们开始回忆,如何生活,如何服役,如何与敌人们打仗……

南方前线

金星①

(由《真理报》特别军事通讯员报道)

沿着乌克兰的道路,在辽阔的草原上,德国将军艾希霍恩②的军队行进着。旁边走着举止粗俗的佩特留拉分子,他们穿着蓝色的肥大裤子、黄色短上衣,戴着毛皮高帽,帽子下面竖立着象征性的一缕长发③。内斯托尔·马克诺的古利艾波列匪帮沿着乡村小道乘着各式各样的四轮、双轮和敞篷马车一路上喊叫呼啸而去。一九一八年到了。

在这些艰难的日子里,位于第聂伯河高河岸的南方冶金公司的卡缅斯基工厂里响起了长时间的、紧张的警报声。它传到工场车间,传入工人住区的低矮倾斜的房子中,它将人们从熔铁炉的火焰和金属锅炉中的蒸汽旁召唤走,号召所有人上街拿起枪。空中响起的汽笛,正如火灾时农村的警报声一样。

那时成千上万卡缅斯基的工人投入了匆忙组建、装备不佳的赤卫军团。严肃的、闷闷不乐的、饥饿的人们站起来保卫自己的家园、自己的工厂。在这些自发生成的军团中,有老头子④,也有伴着战争与革命的轰鸣声第一次开眼看生活的后生,他们

---

① 粘贴在日记中 1942 年 2 月 27 日处的剪报。
② 1848—1918。——译者注
③ 古时乌克兰男子在剃光的头顶上留一缕长发。——译者注
④ 指曾参加过日俄战争的老兵。——译者注

当中有一位浅色头发的十五岁少年工人瓦尼亚，跟随着父兄，跟随着整个工厂。

……在前线上的日子里，在悬挂着家族相片和彩色明信片的狭窄房间里，集合了第14近卫军师团的数位战士及指挥官。

他们带着自动枪和步枪来到这里，听着巴扬手风琴琴手的演奏，他弹唱着一首感人至深的歌曲——《幽暗的土岗沉睡着》。一个戴着护耳帽、穿着鞣过的短皮袄的人沉默地坐在角落里，他似乎既没听到歌声，也没听到尽管时间已晚但不曾停止的火炮轰鸣声。

突然房间里进来了一个高大肥胖的人，立刻响起口令："立正！"所有人都站起来了。这是前线军事委员会的成员。寒夜，在煤油灯昏暗光亮下的房间里，他对战士和指挥官获得了政府奖励表示祝贺，与他们逐一握手并颁发勋章和奖章。

自动枪手、步兵、工兵来到桌子旁：亚历山大·卢琴科、谢苗·塔兰、菲利普·顿斯科伊、阿凡纳西·扎哈尔琴科、伊凡·马卡连科……房间里一片寂静，听不到乐队的演奏，听不到应答的话语，但一切都是庄严肃穆的。火炮齐射，红军战士们获得奖励后，简短清晰地说道："为苏维埃服务。"

而后宣读了苏联最高苏维埃主席团的命令："因在与德国侵略者的战斗中在前线上模范完成司令部的战斗任务，表现出勇敢和英勇行为，授予苏联英雄称号并颁发列宁勋章和金星奖章……"

坐在角落的人，脱了短皮袄、护耳帽，把军便服拉平整，走到桌子前。他得到两个小盒子——里边有勋章和奖章，以及一本红色带有金色压花纹的证书。他明亮聪慧的眼睛闪烁着,但脸上展露出笑容。他的讲话令人激动兴奋,最后以这样一句简短的如同射击一样的话语结束了:

"我把自己的最后一滴血都献给祖国。"

片刻后,金星奖章已挂在这个人的胸前,灯光在其五个角上发出红色的光芒。因此它显得格外美丽,仿佛红宝石在金子上熠熠生辉。在我国,颁发给享有盛名的人们的每一枚"苏联英雄"金星奖章都有自己的故事,它拥有一切大无畏精神、勇气和生与死的斗争。每一个获得金星奖章的人,不管在哪里——在吊灯闪耀的克里姆林宫或是在煤油灯下的小木屋里,因其壮丽的生命、勇敢、功勋、对死亡的蔑视而笼罩着人民的荣光。

从卡缅斯基工厂的警报声响起之日算起,二十四年过去了。少年瓦尼亚穿过了内战的烟雾,在乌克兰与德国人打仗,在克里木——与弗兰格尔男爵①的军队作战,在南方遥远的沙地上——和巴斯马奇分子浴血奋战。后来他去上学、听课、进入大学,在被红蓝铅笔画满的大地图上进行理论研究,统帅的新思想观念以及灵感产生了。

战士就这样成熟了。

去年八月。右岸乌克兰②的战斗艰难而令人精疲力竭,敖德萨和尼古拉耶夫形势危急。德国人在因古尔河东岸形成包

① 弗兰格尔男爵(1878—1928),俄国内战时的白军将领。第一次世界大战后,俄罗斯帝国覆灭,国内形成了拥护布尔什维克的红军武装和拥护旧制度的白军武装。双方进行了长达数年的战争,最终白军被击溃。弗兰格尔男爵系当时的一位白军将领。此处指瓦尼亚参加了红军,与弗兰格尔男爵的军队作战。——译者注

② 指第聂伯河以西的乌克兰。——译者注

围,需要在戈列伊戈沃车站地区进行突破,消灭德国军团,把军队引至第聂伯河。山地步兵师在佩列萨多夫卡地区集中,凌晨3点,当朝霞出现在东方之时,投入了攻击。

这就是著名的戈列伊戈沃战斗,它持续了很久。

我们的炮兵直接瞄准车站,机枪手使大批德国人伤亡,戈玛扎大尉、科夫顿中尉、扎斯拉夫斯基少校的步兵挺进到敌人的炮巢,工兵在车站挖掘好。整个师团,其所有指挥官、政委、政治指导员都参与了这次战役。最后一刻科洛科洛夫上尉领导了警卫排,从汽车里把司机撤下来,领他们去进攻。指挥这次行动的上校一直都在战场。他一会儿出现在一个地方,一会儿出现在另一个地方,发出不连贯的命令,鼓舞各营和各团。

"没有退路!"他大喊着,接着又匆忙去下一个地段了。

到了晚上,德国人丢下了很多具尸体后,在一片混乱中撤退了,他们开辟了通往东方的道路。所有位于因古尔河那边的包围中的部队都通过戈列伊戈沃车站前往第聂伯河沿岸地区附近的玛利耶夫卡农庄。行动经过了周密考虑并出色地完成了。

在刚刚颁发了政府奖励的小屋里一片寂静。伊凡·米哈伊洛维奇·舍佩托夫,第14近卫军师团师长,默默地坐着。

他在想着什么。可能,他回忆起了自己从卡缅斯基工厂走到今天的路程。他的胸前"金星"闪耀,与旁边的列宁勋章和红旗勋章一起熠熠生辉。

舍佩托夫站了起来,微笑着,就像认识到创造性带来愉快的人们那样微笑着,走出了房子。外面是漆黑有风的夜。

西边德国火箭的火光升腾而起,而后又消失了。战士们编队走在宽阔的路上,唱着《幽暗的土岗沉睡着》。进攻定于早上。

雪橇很快就消失在漆黑的夜色中,只传来低沉的雪橇滑木的吱吱声和马蹄的嗒嗒声。

M.梅尔让诺夫

作战部队

1/Ⅲ.42   1942 年 3 月 1 日

28 号 6 点开始行动,我们与两队邻军在奥切列金诺和沙夫罗沃之间的狭窄前线(8 公里)上展开行动。216 师用 5 辆载着空降人员的坦克占领了奥切列金诺,349 师(布里利扬)包围了沙夫罗沃。我们向菲德列罗沃方向推进了 8 公里,今天早上占领了它。敌人不间断地投入大量空军大队。

希特勒因某些功勋颁发给克莱斯特 Eichenlaub[1]。游击队员在乌克兰不是特别积极,原因:缺乏胆怯的居民的支持(甚至不让取暖)。德国人谎称在前线的某个中间地带包围了我们某支军队(击毙 27000 人)。

5/Ⅲ   1942 年 3 月 5 日

占领居民点的 351 步兵师未设置警戒。敌人投入 15 辆坦克。炮兵团盲目射击,然后留下 15 件武器,四散奔逃。57 集团军的军事委员会将炮兵团的指挥官送上法庭,对师长给予严重

---

① 德语,字面含义:橡树叶。德国军事奖章。

警告。

57 集团军的命令。检查防化学战的准备程度。在西方前线，敌人以挑起化学战为目的故意给我们的部队留下带有有毒物质的地雷和炮弹。

伊莉扎维托夫卡还没被占领，尽管菲德列罗沃和安娜尼科拉耶夫卡已经是我们的了。今天观察了德国人。没有任何生命的迹象。空无一人的村庄。

9/Ⅲ   1942 年 3 月 9 日

7 号早上，臼炮—火焰弹发射器周围响起一片喧闹。上级产生了在我们连的帮助下烧毁伊莉扎维托夫卡的想法。在我敏锐的指挥之下，臼炮得以向将军展示。就这样，带上 3 门臼炮，拿着一挺机枪，我们的队伍开往伊莉扎维托夫卡。不成功便成仁。当然了，坚决禁止我直接上战场（理由是我的价值和我有可能牺牲）。行动在夜间进行：易燃混合物和火箭，此外要烧毁村子，应制造恐慌。应支援我们营的有 23 人。营长——大尉。连长——班长。

在村子的北边有一座两层的学校，被自动枪手占领。离它大约 300 米就是我们的防线。人们躺在雪里，很冷。一个人稍微抬起身子，对着其他人说："小伙子们，在学校里过夜比在这儿强多了。谁跟我去，咱们赶走德国人。"他有步枪和连属迫击炮。在这儿人人都知道他，叫他伊凡。跟他一起去的有 8 个人，其中有一个拿了一些迫击炮弹。伊凡偷偷向学校走得更近些并放置了迫击炮。

"啊,瞧着吧,看炮弹会落在哪儿!"没飞到。

"啊,这次远一点。"迫击炮弹在村子的另一边爆炸了。第三枚直直地飞进学校的窗户,德国人从学校里跑出来,部队用重机枪把他们干掉了。伊凡和同志们夺取学校,放置好重机枪就休息了。到午饭时,他们留下重机枪,回到厨房里去。午饭后,他们回来时遇到了栅栏里的机枪手:德国人来了,还吸了烟。伊凡看了看,发现学校附近有约 20 个德国人正快速地给通道布雷。伊凡握住机枪,打完了两根子弹带,又装上了第三根。这时传来震耳欲聋的爆炸声,学校连同德国人一起飞上了天,显然子弹引爆了地雷。

"前沿阵地在哪儿?"我们的班长问伊凡。

"这不就是前沿阵地!"

"你们的指挥官在哪儿?你们是怎么打仗的?"

"什么指挥官?为了祖国打仗,凭良心。你们来进攻了?现在我支援您。"伊凡打开了迫击炮弹盒子开始射击。他只留下一枚,发射了其余全部炮弹。

"您为什么留下一枚炮弹?"克罗托夫问。

"为了防止万一要爬过去。"

我们的炮兵开始打了。当然在前沿阵地没有瞭望员。炮弹开始击中我们的驻地,在前沿阵地后 360 米的营长在扩音器里大喊:"往哪儿打?他妈的往哪儿打?向右!"又传来几声射击声。最后一发炮弹打死了我们 4 个人,伤了 2 个。"我他妈的告诉你,向右!"营长喊着,"你什么都做不好!最好别打!"炮兵向右打,炮弹在离村子后很远的田野里爆炸了。

"对村子的进攻怎么样了?"团长问道。

"我们在推进。"营长回答。

烈焰熊熊,以至于没人能抬抬头。

"怎样?"半个小时后团长问。

"离村子还剩30米。"营长回答。我们的人在前沿阵地300米处。"那么发起进攻,自己前进!"营长叫大家起来,在手枪的帮助下把一个少数民族的人叫了起来。迫击炮弹的呼啸、爆炸,重伤在身的营长倒在地上。

攻击以此而告终。我们也没瞎忙活。

梅塞施密特继续毫不犹豫地击落伊尔—16。糟糕的是,我们也无法逃脱:速度慢了点。

战斗的光荣路程

在一个靠近前线的、火炮炮击的轰鸣声听得很清楚的小城里,N步兵团以紧密编队驻扎在此地。

在他们附近,在一种庄严的沉默中,其他团(指除了N步兵团以外的团——译者注)的战士们肃立着。将军、英雄伊凡·舍佩托夫跪下,接收了新的、近卫军的旗帜。战士们听到了旗帜是怎样飒飒作响的,宛如城市公园的树木富有弹性的枝条,仿佛细细的琴弦一样在风中歌唱。

战士们回忆起战斗的光荣路程……

难道不是他们第一个打击了敌人的第4山地步兵旅、第8山地团、火炮和坦克吗? 在宽阔的前线上坚守12天,敌人的尸体达数百具,还赢得了第一批战利品。战斗发生在谢列京—克拉斯诺伊利斯克的地段上,在国家边境上。

艰苦的斗争之路就这样开始了。

团里的老战士永远也忘不了特罗斯佳涅茨①附近的战斗。为掩护师团,团经受了敌人坦克群和摩托化步兵的多次猛烈进攻。团没有躲避,而是以迅猛的反进攻回应了敌人的打击。连队跟着名叫根纳季·米克列伊的受众人爱戴的英雄指挥官展开白刃战,红军的子孙们将重复他的姓名,他的光荣事迹会传到最偏远的小村庄,使漫长秋夜里的饭间谈话得到美化,更有光彩。

团里的战士用手榴弹和燃烧瓶摧毁了 42 辆坦克,640 名战士和军官长眠在潮湿的大地上。

另外一天,7 月 27 日,在捷尔纳夫卡附近的树林里,师团消灭了 200 名摩托车兵、56 名军衔不同的军官和德军大型司令部。

战斗的光荣路程。

在克拉斯诺戈尔卡附近的战斗中,根纳季·米克列伊英勇牺牲,但至今还觉得他在率领营队去打击敌人。

在特罗伊茨基附近,师团经受住了敌人的三重优势的打击,摧毁了敌人的团参谋部,战场上铺满了上千具敌人的尸体。

师团如同匕首的刀口刺入戈列伊戈沃车站附近敌人的战斗队形中,在与邻近的团的协作下占领了车站,夺取了 100 辆汽车、6 门火炮、13 门迫击炮和若干机枪、步枪,消灭了 500 名德国士兵和 60 名军官,解救了 60 名红军俘虏,打通了敌人包围圈的

---

① 乌克兰城市。——译者注

通路。

8月16日,大量自动枪手联队从扎谢利耶车站被赶走,投入后方阻断道路。

近卫军步兵军人打过罗马尼亚人、匈牙利人,并殊死打击过德国人。在边境上作战,在库曼附近,在莫夫察尼,在特罗斯佳涅茨和捷尔纳夫卡附近战斗过,在克拉斯诺戈尔斯克和斯捷潘诺夫卡,在第聂伯河上和泽廖内加伊农庄附近打过仗。战斗了而且打赢了,而牺牲者是如此骄傲和勇敢。

顿涅茨克的矿工——红军战士巴比切夫,一个人对五十个人,打死超过十个敌人,打到剩下最后一颗子弹,最后英勇牺牲。

近卫军步兵军人在白教堂、捷姆留克、阿历克谢耶夫卡附近打击敌人。

反攻击、侧翼打击、强大突破力量的楔形冲击使人精疲力竭。在顿巴斯边界上的某处,敌人开始衰弱。反击、向西移动的时候到了。

是扎斯拉夫斯基和加夫利洛夫的连队决定了罗斯托夫的命运,他们以猛烈的打击向前突破了60公里,威胁到敌人最后的交通线的出击口。在通往塔甘罗格的道路上,克莱斯特的纵队弯曲成被压坏的蛇形。那时战士们解放了13座村子,消灭了10多辆坦克、上百辆汽车、25门火炮,歼灭1500名侵略者。谁会忘了敌人对师团控制的卡缅纳亚高地的强击呢?

敌人使用坦克和步兵三次反击这个高地。他们知道除了高地,再也没有有利地点来控制这个地区了。

敌人三次被击退,直到大批混乱无序地迅速退却,敌人丢弃技术装备,也来不及收集伤员、掩埋尸体。

所有经过草原的风吹日晒、受过战火洗礼的战士都记得战斗的光荣路程。早晨的战斗结束之后,步枪和自动枪的枪管还没有冷却,师团不得不直接从行军路上投入同敌人的激战之中,牵制它,使邻军在侧翼进行猛烈打击。

命令:前进!

师团以行军纵队行进,它被紫色亚麻布的旗帜遮掩。旗帜上的列宁看着战士们。纪念碑底座上的列宁手指西方。

近卫军军人的纵队向西行进。

走向新的功勋,迈向新的、不可磨灭的光荣!

近卫军去攻打敌人!

T.什罗科夫

11/Ⅲ   1942 年 3 月 11 日

正如预期的一样,刚刚安排好诸兵种的协作,伊莉扎维托夫卡就于 18 时被占领了。103。火炮和迫击炮向村子投入了所有火力,6 辆载着空降人员的坦克冲入村子。

战果:缴获 20 门炮、9 门迫击炮、2 个无线电台、2 挺高射机枪,击毙约 200 个德国人。村子里剩下 6 户人家和一幢有墙壁的房子。

13/Ⅲ   1942 年 3 月 13 日

昨天由 30 辆坦克支援的两个营的德军夺回了伊莉扎维托

夫卡、菲德列罗沃和安娜尼科拉耶夫卡。这是给我们的一个教训,使我们不自高自大。需要设防固守。炮兵拥有的炮弹不多,所以仅仅只能打坏 14 辆坦克。村子里剩下我们的 5 门 45 mm 炮。

16/Ⅲ   1942 年 3 月 16 日

已经第三天了,我在师里对化学器材的现存情况进行检查。46 团有一个营,而营有一个 60 人的连,这就是整个团。反坦克枪穿不透德军的中型坦克。

今天很有可能向伊莉扎维托夫卡的天空进发:我查看德国坦克,突然遭遇了最为猛烈的迫击炮火力袭击。

好不容易幸运地走出村子,在迫击炮弹爆炸的烟雾中走了大约 2 公里。

步兵从三个村子逃走,但那里很快就得以恢复并让步兵返回了。

除了在戈尔洛夫卡、克拉马托尔斯克卸载了化学炮弹和迫击炮弹外,有消息说在戈尔洛夫卡卸了一辆载有 300 辆坦克的军列。

23/Ⅲ   1942 年 3 月 23 日

德国人的反攻击:2 点和 3 点,20 辆坦克攻击,击毁了特卡切的 3 座炮台(360……①),我们的 4 门炮被迫炸毁。

步兵的行为不体面。骑兵旅恢复了状况。

―――――――

① 无法辨认。

今天有我给医生们的讲座。

31/Ⅲ   1942 年 3 月 31 日

最近几天,敌人可能使用军用毒剂的问题变得非常尖锐。

关于武器装备组成的命令。德意志的……①

展开大量对化学防御(收集,……②规定财产的收容处③)的工作,反步兵地雷的收集和指挥部④。

化学兵连到达斯拉维扬斯克,与挑选出的军官开始工作。

确定了哈尔科夫和布良斯克方向化学部队的存在。德意志军队的指挥部给自己的侦察部门分派了弄清红军化学防御状况的任务。

……黄象⑤*,消毒剂和正方形的防毒面具。

14/Ⅳ.42   1942 年 4 月 14 日

直觉、体操、地雷的爆炸[9]。

撤下师团和其他几支部队,投入洛佐瓦亚附近。我们的部队撤退时,只来得及炸毁一条轨道。在第二次掩护撤退时,装甲车只来得及炸毁桥梁。所有被德国人夺取的车厢是我们的。

---

① 几个词被抹掉了。

② 无法辨认。

③ 此处的含义无法确定。前文中有好几处无法辨认,且原句中有三个缩写词,但此句大概与化学防御的军用物资有关。

④ 原文如此,应该是对某些命令的简要记录。——译者注

⑤ **大概是指德国的某种毒剂。

23/Ⅳ   1942 年 4 月 23 日

我试着评价一下南方前线上因冬季战斗行动而形成的情况（好在我去过它的所有地段）。

应该承认，由于德国人在南方前线上的顽抗，我们只达到了战略胜利。胜利包括前线上的突破和在巴尔文科沃、洛佐瓦亚的工作，以及对斯拉维扬斯克—克拉玛托尔斯克的军队的三面包围。然而，突破口的宽度还不够。从巴尔文科沃前线延伸了20—25 公里。敌人在这一车站的打击对我在巴尔文科沃—洛佐瓦亚地区的军队造成了严重的局面。

前线距洛佐瓦亚 5 公里。我部队应在帕夫洛格勒进行打击，沿第聂伯河转向南方。然而，此行动只能在摧毁或至少封锁斯拉维扬斯克—克拉马托尔斯克的军队后方才可进行。当然，一周后这里会响起炮声。

在前线的米乌斯地段，显然我们满足于坚固的防御。德国人用传单大肆宣传鼓动。

25/Ⅳ   1942 年 4 月 25 日

昨天参加了师指挥部会议。舍佩托夫。

赫鲁晓夫[10]和铁木辛哥在南方前线指挥官、师长会议上的指示。很快就完成西方前线上对 16 集团军和被包围的 47 个师的摧毁。未能成功整顿被德国人占领地区的经济：在红军城恢复了一个化学车间，在斯大林诺恢复了一个车间，在克里维罗格——什么也没做成。

战争 10 个月的总结：

1. 与其物资状况和有生力量相符的师团能完成任务。罗斯托夫、斯拉维扬斯克—巴尔文科沃的行动进行良好。

2. 如何与失败主义做斗争(赫鲁晓夫)？我们的人：33 近卫步兵团的财务主任,反坦克防御——2 位战士开小差。

警惕：战士向红军队伍投掷手榴弹(没爆炸),然后试图砍死排长,最后开枪自杀。特种处[①]在哪儿？

撤了许多参谋长(9 军的和其他的),因为这些人不能以强硬的手腕执行已颁布的命令。巩固参谋长的权威。

99 步兵师的 11 人投降当俘虏。317 步兵师(废物师)16 人投降德国人。被派往战斗警戒的 351 步兵师的一个排用 3 件衬衣做了白旗,以排长为首,按队列步伐行进前去做了俘虏。指挥官、政治委员、特种处又在做什么？

特种处的处长了解这些,没有告知指挥官。

在涅克列缅,我们来自谢米帕拉金斯克的,还在路上就商定投降做俘虏的 3 个家伙被逮捕并枪毙了。

3. 消除坦克恐惧症。

4. 难以攻克的设防。现在我们建造了有部队进攻训练的牢固防御。政治工作人员将扮演重要角色,然而他们会进行政治工作。

敌人的宣传鼓动不应以意大利国王的名义进行(他的名字是从某个老太婆那里得知的。)

5. 谨慎。杜宾纳、佩列温、奥尔扎霍夫斯基去正面。我们很少使用步枪、50 mm 和 82 mm 迫击炮的火力。前线对我们进

---

① 苏联军队中的反情报部门。——译者注

行装备支援,我们又会获得迫击炮。我们(前线部队)掌握了迂回和包围,学会了击退坦克的攻击,迫使德国人转入部分反攻击和小规模的坦克反攻击,而我们的坦克在靠近前线的地带不计其数。学会了有组织防御。

学会了警告德国人。

6. 联络。第 9 军与师团之间已经 3 天没有联络了,铁木辛哥对参谋长传达了些什么。

7. 我们的命令是枯燥的、被压缩的、有 80% 的内容不甚明了的。德国人的命令详细得多。

8. 赶走坏参谋。由于参谋的缘故,第 12 军没有完成在斯拉维扬诺—巴尔夫行动中的任务。(集团军司令员科罗捷耶夫)

9. 伪装及构筑掩体。

10. 让火炮离步兵更近,炮应该环射。对负责一门炮的全组炮手进行反坦克炮对坦克瞄准射击的训练。有效射击的距离不少于 150—200 米。

11. 与谎言做斗争。由于似乎按时在塔甘罗格开始进攻的师团指挥官的错误信息,导致 57 军的塔甘罗格行动失败。

12. 到 5 月 1 号,对指挥官和政治委员负责的军种的战术技术数据进行测试。在近战中普遍使用 50 mm 和 82 mm 迫击炮。在每一个步兵团中组织突击连。在步兵师中组织突击营。

13. 关于给敌人带来的损失:只通告直接摧毁的。

阅读侦察资料。

27/Ⅳ　　　　　　　　　　1942 年 4 月 27 日

昨天,我被吸收为苏共预备党员,终于获得了第二等军衔证明,被任命为军事讯问员。

在涅克列缅内抓到了间谍——13 岁的男孩,骑马,穿着红军制服,带着军刀、一根马刺,已经 3 次走过前线。行军时抓到 3 个这样的孩子。

进行侦察的培训。军队的助理检察官。

尽管仓库里有 800 吨燕麦,400000 罐罐头,还是发生了供给中断,因为伊兹尤姆和班内的桥梁被毁。

乌–2——带着 50 公斤烟草来到师里。0169 防御前沿——哨兵,酒精桶,制造鞋的锥子,47 升,枪决。

葬礼,参加军事葬仪。被杀的德国人——送往柏林。

(?)/ Ⅴ.42   1942 年 5 月……①日

平静持续。交付 57 军 546 辆坦克的坦克军。集团军预备队中有骑兵军。我们坦克里的人够了。白天 12 点的课。

7/ Ⅴ   1942 年 5 月 7 日

继续部队的加强训练。白天 12 点的课。得到新的反坦克枪。只有师司令部有 4 个反坦克枪排,每个排有 9 支枪。

检查 41 团的防毒准备程度。给前线部队的命令:建立坚固的防御。

12/ Ⅴ   1942 年 5 月 12 日

---

① 数字辨认不清。

在克里木用化学迫击炮弹射击。与火焰弹发射器有关的事情。

15/Ⅴ　　　　　　　　　　　1942 年 5 月 15 日

我们的部队撤退至刻赤半岛已经数天。在哈尔科夫方向我们占领了特鲁希诺和利哈切沃车站。在我们的地段上一切平静。(罗马尼亚部队代替了德国部队。)进行滑翔和降落伞部队的训练。

18/Ⅴ　　　　　　　　　　　1942 年 5 月 18 日

德国人突破了前线,占领了巴尔文科沃。我们处于半包围中,撤退到斯沃博德内。千万别继续撤了! 如果撤到伊兹尤姆,所有战术优势(德国人被撕开的前线)都烟消云散了。

包围比撤退好。在哈尔科夫前线,我们的部队进攻了。

这种包围与去年的不尽相同。受够了担惊受怕。在洛佐瓦亚地段,敌人军队不是太具有危险性。我们的轮式自行火炮(?)①在两天的战斗中完全将其打败。

德军的基本突击集中在我军楔形攻势的底部,即巴尔文科沃。我们师将在巴尔文科沃方向上行动。

第 9 军撤向东方。这里只有 57 军。

19/Ⅴ　　　　　　　　　　　1942 年 5 月 19 日

德国人占领了加夫里洛夫卡。骑兵军从数量上较少的敌人

―――――――――――

①　一个符号辨认不清。

旁撤走(跳舞大师),(?)①5 点在洛佐瓦亚附近恢复局面。

　　´21/Ⅴ　　　　　　　　　　　　　　1942 年 5 月 21 日

　　18 号晚上,出发前往 B.安德烈耶夫卡(30 公里)。行进 100 公里,但 B.安德烈耶夫卡被德国人占领了。向左收拢,去涅切比洛夫卡(?)②。师团还没成功占领防线,载着自动枪手的坦克就突破了。师团逃跑了,散开了。指挥官和政治委员在踏板上跑了 100 公里。

　　最残酷的轰炸。一天超过 100 架飞机。德国人右翼纵向行进至顿涅茨。仅有 15 人携带着师团旗帜穿过了巴拉克列亚和伊兹尤姆之间仅存的通道。

　　22/Ⅴ　　　　　　　　　　　　　　1942 年 5 月 22 日

　　疯子。头发灰白的政治指导员。

　　(跟两个同志一起)现在头上才挨了 9 枚 80 公斤重的炸弹,在爆炸中奇迹般地安然无恙。天空没有一刻不被德国飞机占据:轰炸撤退的第 6 汽车队和 57 军。

　　新事物——防爆门。穿过顿涅茨的渡口被破坏了。部队怎么办——不知道。哈尔科夫集团军可挽救局势,它向南行进(哈尔科夫——?③ ——第聂伯罗彼得罗夫斯克)。不能睡。

---

① 字母辨认不清。
② 字母辨认不清。
③ 名称辨认不清。

31/ V   1942 年 5 月 31 日

我们位于距伊兹尤姆 12 公里处,拥有大约 1500 人(曾经八九千人),没有兵器,听不到有关将军[11]的消息,显然我们要组建了。

详情:18—20 号的夜间行军把部队折磨坏了。刚开始努力地挖战壕,后来草率了事。行军中坦克赶上师团。包围圈的面积。炸毁了汽车、辎重车、火箭炮弹发射装置。汽车之城 10 公里……①沼泽中。师团掩护军队的撤退,极其混乱。数千人没有武器(很少有人带着步枪)。"大尉,我们攻击!""乌拉!"用喊声把德国人从村子里赶出去(喝了咖啡,打伤军官)。"乌拉!"把德国人从战壕里赶出去。每个人都按自己的方式渡过河去,赤裸的、光脚的。打了德国人:11—12 师,150 辆坦克。我们的……②12 师。坦克开始迟迟缓行。

这样一来,我们放弃了巴尔文科沃、洛佐瓦亚(伊兹尤姆后来夺回),损失兵器 6.57(部分 9);70%的人;在哈尔科夫方向的进攻军队的侧翼暴露了。

向哈尔科夫的进攻失败了。

12/ Ⅵ.42   1942 年 6 月 12 日

1942 年 6 月 10 日,从拉季科夫沙出发,今天早上到达斯大林格勒州布达林斯卡亚站。很显然将在这里进行师团的组建。

---

① 几个单词辨认不清。
② 几个字母辨认不清。

17/Ⅶ.42   1942 年 7 月 17 日①

师团的组建接近尾声。补充的基本上是年轻人。补充两个完整的歼击旅:21 和 25。师指挥官——格里亚兹诺夫将军(第 7 近卫步兵师的前指挥官)。德国人接近沃罗涅什,在这个地方渡过顿河。从沃罗涅什到博古恰尔的空间上,他们接近了顿河。占领了利西昌斯克、米列罗沃,在伏罗希洛夫格勒展开进攻并试图在米列罗沃到罗斯托夫之间的距离上进行突破。向罗斯托夫紧急增派军队。

(图片 49)

27/Ⅶ   1942 年 7 月 27 日

在新切尔卡斯克、齐姆良斯卡亚、罗斯托夫城郊的战斗。在通往斯大林格勒的方向上载着军队的军用列车不停地运行。德国人的空军千方百计地破坏这条支线上的正常通行,有时德国空军能使这条支线停止通行数小时。居民们对德国人的飞机怕得要死。在顿河的中间地段,我们师占据着防线的广阔地段(50—80 公里)。

4/Ⅷ.42   1942 年 8 月 4 日

1 号收到了 7 月 28 日斯大林的第 227 号命令。

罗斯托夫和新切尔卡斯克在没有顽强抵抗的情况下被放弃了。居民开始不再相信红军,大部分人在咒骂它。

---

① 1942 年 7 月 17 日被认为是斯大林格勒战役防御阶段的开始。

有些不聪明的人在前线宣传说,红军可以也应该撤退到领土深处。坚决打断这类谈话。我们损失了超过 7000 万居民,一年损失了超过 8 亿普特(沙皇时期俄国的重量单位)粮食、1000多万吨金属。我们不管在粮食储备,还是在人力储备上都没有优势。无处可退。

一步也不退!

(按照德国人的方式)建立连一级的惩戒连和指挥人员的惩戒营;建立阻绝队。

大惊小怪张皇失措的人和胆小鬼——就地枪决。

我们失败的原因:连队、营、航空大队等缺乏纪律和组织性。

没有高层指挥部的命令就不放弃一寸领土。

热尼娅·捷里亚耶娃[12]

23/Ⅷ   1942 年 8 月 23 日

14 号师团用 3 天完成了 170 公里行军,占领了乌斯季霍皮奥尔斯卡亚右侧沿顿河的防线。

师团未配齐汽车。没有高射炮和其他东西。自动武器供给充分,有机枪营、阻击营。

20 号师团(同整个 63 军)转入进攻,面对的是意大利人的54 和 55 步兵团。进攻的速度不快(3 天 10 公里),但这两个团相当软弱,俘虏了超过 500 人。

30/Ⅷ   1942 年 8 月 30 日

进攻的结果是师团占领了 7 个居民点并推进了 16 到 17 公

里。被击溃的意大利第 2 师紧急撤退到南部附近的边界博尔绍耶。203 步兵师(右侧邻军)与敌人的优势兵力展开战斗,它的前沿阵地在我们的北边 8 到 10 公里处。右边——第 3 骑兵军。进攻的结果是师团击毙超过 2000 人,并俘虏了将近 700 名意大利人。缴获炮、迫击炮、机枪、汽车。

已查明,在师团的地段上,敌人派遣了有坦克的摩托化步兵。8 月 28 日下达命令:师团转到坚固的防线去。

敌人的空军给渡河带来很大困难,所有部队不得不隐藏在战壕里,把辎重车、马藏起来。在这个地段没有我们的空军。

36 营的损失相当大。大部分损失发生在一个晚上,那时整个营突然遭遇埋伏。(3 连有 140 人,现在 20 人)。大部分伤员①

斯大林格勒城郊局势紧张。普罗赫拉德纳亚地区的战斗。

战斗在西北方进行。在格扎茨克—维亚泽姆斯克—勒热夫方向我们的部队突破了长 115 公里的前线,解放了 610 个居民点。

16/Ⅸ.42　　　　　　　　　1942 年 9 月 16 日

9 月 1 日,敌人在坦克的支援下转入进攻。进攻没有成功。据官方统计数据,打坏 34 辆坦克。(除了两辆未受损的外,还发现了两辆被击伤的坦克战利品。真的,德国人把几辆坦克给拖回后方了。)抓获 60 名俘虏。已查明,被我们击溃的"斯福尔扎"师被各有 4000 人的 5 团及 6 团的山地师"特里丹提诺"代

---

① 原文如此。——译者注

替。9月1号之后积极的行动停止了(?)①。

由于糟糕的政治工作、给养等原因，从9月6号到9月12号，从师里跑了113个人。准确查明事实的大约32人，他们中有5名共青团员和3名预备党员。113人中的97人来自被占领的州。

因居民对军队有负面影响。希特勒特别指示说在前线地带20到25公里处不抢劫居民。

战斗在斯大林格勒以西和西南处，在莫兹多克地区和西尼亚维诺(沃尔霍夫前线)进行。

现代规格A4书写纸贴在日记1942年2月23—1942年2月27日上。纸上贴了两份剪报。

1. 在第一篇文章上方有奥·亚·莱乌托夫用红色圆珠笔写的批注：

"第14近卫步兵师(师长——戈里亚诺夫将军)的1942年8月25日的报纸《近卫军旗帜》"(图片46)

致戈里亚诺夫指挥官麾下的英勇的近卫军军人

亲爱的同志们！

我们得到一个令人高兴的消息，你们以殊死的战斗打击了意大利的那些"通心粉工人"，还有罗马尼亚和匈牙利的下流走狗。

光荣属于你们，我们工人为此感谢你们！

---

① 辨认不清。

你们的勇敢、顽强和果断给我们的内心注入了精力和能力的新源流。得知我们按照斯达汉诺夫式①劳动制造的战斗车辆、可怕的武器在可信任的人手里，感到很高兴。

为了完成前线订单，我们晚上不睡觉，工作起来不考虑时间。

最近作为全苏竞赛的胜利者，我们被授予国防国家委员会的流动红旗。我们发誓要工作得更出色，只要把法西斯恶棍快点从我们神圣的苏联土地上赶走就行。

更猛烈地打击敌人吧，把他们赶走，毫不留情地消灭掉！

勇敢的战士们，前进吧，去痛击敌人！一步也别后退！

两次获得勋章的斯大林格勒拖拉机厂工人：

杜宾宁、卡普斯京、梅杜诺夫

8月24日于斯大林格勒

2.第二篇文章的左侧：

"1942年4月15日的同一种报纸"

使用所有形式的火力消灭法西斯的飞机

所有共青团员和红军战士都了解了N营的共青团员们的转变。在分部的全体共青团大会上，共青团员们推动了一系列组织狙击手队[13]的活动，狙击手队使用步枪、自动枪、轻机枪的

---

①　苏联的社会主义竞赛。——译者注

火力歼灭敌人飞机。加年科同志的分队被授予"战斗功勋"奖
章,克罗托夫和伊瓦先科同志签订了培养狙击手的社会主义竞
赛协议。

分部巳经建立了狙击手小队。共青团员加利耶夫、马梅达
利耶夫、加兰采夫和我分部最优秀的射手比利亚中士加入其中。

"五一"之前,狙击手们对空中目标的射击取得了重大成
绩。

25/Ⅸ　　　　　　　　　　　　1942 年 9 月 25 日

(抹掉 2 行)第 196 诸兵种合成集团军第 3 步兵团 2022 野
战军邮站,俱乐部。

战斗在斯大林格勒地区进行。9 月 20 日,在斯大林格勒及
西南前线,第 7 号令是关于斯大林格勒前线的部队转入积极行
动的。

在我们的地段,罗马尼亚人替换了意大利人。师团转入牢
固防御。

卡尔梅科夫斯基农庄——科济马·克留奇科夫的家乡。肖
洛霍夫。维申斯卡亚。母亲在轰炸中死去。《静静的顿河》中
的人物。

姓氏没有变化。老爷子休卡里活着。哥萨克对集体农庄不
满。劳动日的时候 3—4 公斤。土地耕作不好。"领导"很多。

8/Ⅹ.42　　　　　　　　　　　　1942 年 10 月 8 日

被占领区的居民成群结队地继续去找敌人。

他们中间甚至有政治指导员。德国人采用聪明的政策：放回家。

化学袭击的威胁。两列来自华沙的载有有毒物质的军列？加强化学防护的工作。即将到来的营队化学演习？

14/Ⅹ   1942 年 10 月 14 日

9 月 28 号还有今天，去了 ONENS① 的 196 集团军。和（它）一起去（282）布达尔……②。类似的事情我从未经历，[多疑的人，醒醒！……（抹掉 4 行）]

41 近卫步兵团第 3 步兵营同左侧的邻军一起占领了 220 高地，击毙将近 200 罗马尼亚人，缴获 10 挺重机枪，15 门迫击炮，抓获 60 名俘虏。在师团的前线之前，意大利人、德国人的团、罗马尼亚人分别防守 3 个地段。斯大林格勒附近没有变化。在莫兹多克地区进行积极行动。

撤销政治委员制度。命令不能说是及时的，甚至可以说是迟缓了。在伊兹尤姆—巴尔文科沃包围中，有些政治工作人员的行为简直可恶。韦列沃奇金。马尔特年科。切尔努欣。38 步兵团炮兵连的政治委员扔下了炮。被枪决。

1. 对军事的无知，但与指挥官有相同的权力。

2. 战斗指挥人员的缺陷。

3. 打掉德国宣传的王牌。

---

① 某个缩写词，含义不明。——译者注
② 名称的结尾处辨认不清。

国防人民委员会 1942 年 9 月 28 日第 298 号令

关于惩戒营和惩戒连。

在前线范围内建立 1—3 个惩戒营。惩戒营的固定成员从意志坚强的指挥官中任命。营长对受惩戒的军人有师长的权力;连长——有团长的权力。固定成员的供职期缩短一半。决定发给养老金时,在惩戒营服役一个月计算为六个月。

关于受惩戒的军人。

被送往惩戒营的指挥官和政治工作人员应该降级为列兵。勋章和奖章保存在前线人事处。在营里的服役期——1—3 个月。表现出众者和伤员被视为提前服满刑期,特别优秀者呈请政府奖励。

惩戒连。初级指挥官和红军战士。在军队范围内建立 5—10 个连。惩戒营配属给师,连也是如此。

人民委员会 1942 年 10 月 8 日第 306 号令

与德国法西斯的战争实践表明,我们的条例中一些条款老化,如果不立即取消它们,将给红军带来巨大的危害。

第一个缺点。得到沿前线 1—1.5 公里进攻地带的步兵师,将自己的团安排在两个梯队中(两个在第一个梯队,一个步兵团在第二个梯队);在 750—1000 米的地带上进攻的步兵团常常把营安置在三个梯队中。在营、连、排中,如此这般依次类推。

这样一来,用于进攻而组建的步兵师在第一梯队中只有 27 个连中的 8 个(其余 19 个连分布在第一梯队后纵深达 2 公里处)。

因火炮、迫击炮、空军的火力造成了特别巨大的损失,超过2/3的步兵兵器被迫无法发挥作用。远处的梯队向前方梯队挤压,混入其战斗队形,使军队内部变得混乱不堪。

第二个缺点。根据规则的要求,排长处于战斗队形前方,他(常常是连长和营长)被剥夺了亲自观察对战斗队形产生影响的战斗过程的可能。损失重大。

第三个缺点。对于步兵和骑兵反击的反应而言,对于与飞机的战斗而言,我们对进攻时齐射的开火命令估计不足,这是加强纪律性的手段。

第四个缺点。我们未考虑规则,我们的实践没有注意到属于步兵营和步兵(?)[1]的连承担了战争的主要重担,他们应首先得到兵器上的加强。

命令:

1. 禁止排、连、营、师在进攻战斗队形的纵深上有梯队结构。

班和排展开成散兵线。行进时战士之间的间隔为6—8步。步兵连中,步兵排或展开成一条线,或以梯队展开。

在步兵营中,连队——展开为线,或成角度前进,或成角度后退,或以梯队向右、向左展开。

在步兵团中,营——展开为线,成角度前进、后退,以梯队向右、向左展开。

在步兵师中,团排列于一条战斗线上。

---

[1] 符号辨认不清。

2. 步兵营、步兵团、步兵师的指挥官应有储备人员。

3. 在军队的组成中（进攻时），在第二梯队拥有几个步兵师。例如，第 7 步兵师中的第 4 步兵师在第一梯队，第 3 步兵师在第二梯队。第二梯队的师团部署在距第一梯队后 7—12 公里处。第二梯队的所有师团的炮兵立刻增援第一梯队的师。撤换第二梯队的师团，但不增援第一梯队的师团。

4. 中等员额的步兵师（七八千人）为避免过度密集，规定 4 公里，不少于 3 公里的进攻地带，以防万一。

5. 指挥官在战斗中的位置。班的指挥官——直接在散兵线上。排、连、营的指挥官——在分队的战斗队形后。

6. 为步兵班重建排，在某些情况下为连队重建营，进行齐射。

7. 从营里转交每一个连 50 mm 迫击炮排（3 个）。彻底将 82 mm 迫击炮连（9 门迫击炮）配备给步兵营，将 120 mm 迫击炮（6 门）配备给步兵团

8. 在步兵营的编制中增加 45 mm 炮兵排（2 门炮）。

9. 沙波什尼科夫元帅[14]在《步兵战斗条令》和《步兵野战条令》中进行更改，并在不迟于 10 月 16 日将其批准。

30 / X   1942 年 10 月 30 日
我们的部队占领了克列茨卡亚。

大批力量通过库梅尔任斯卡亚和斯拉谢夫斯卡亚向前线集结。

我将着手进行防线深处侧翼的地雷护栏建设工作。从指挥

所到克鲁托夫斯基。

2／Ⅺ.42　　　　　　　　　　　1942 年 11 月 2 日

10 月 16 日国防人民委员会关于使用坦克及摩托化部队的第 325 号令。

战争实践暴露了坦克部队使用中的大量缺点。

1.进攻中坦克与步兵脱离。

2.在坦克攻击前,炮兵没压制住敌人的反坦克防御手段。

3.缺乏可靠的空军掩护。

4.我方坦克与敌人的坦克及其反坦克防御卷入战斗,未能执行基本任务:摧毁敌人的步兵。

5.缺乏地形侦察。

6.未管理好战斗中的坦克。

12／Ⅺ　　　　　　　　　　　1942 年 11 月 12 日

准备大型的打击。我们师属于第 5 坦克集团军(曾在 63 集团军、21 集团军)。除了我们步兵师,第 5 集团军里还有一系列从其他前线撤下的(从沃罗涅什)其他师或重新整编的(159、47 近卫军,178,等等)部队。

已集结了并仍在集结大量军队,包括坦克。顿河前线的指挥官——罗科索夫斯基将军[15]和朱可夫[16]来到了我们指挥所。显然我们师将在第二梯队,因为在局部战役中损失了相当数量的积极武装力量(例如,在试图占领 228 高地时损失了将近 300 人)。

夏天完成了冬季进攻行动的大型准备工作。建立并培训新部队,补充溃败的部队。

第 227 号令。关于不同兵种战术的变更命令:步兵——第 307 号令;坦克部队——第 325 号令。

与费敦关于 4 个月的撤退的谈话。泥泞,虱子。2 小时 50 公里。淘汰乌克兰人等。

13／XI   1942 年 11 月 13 日

进攻定于 12 日。然而我们师的炮有 8 枚炮弹。

将代替了面包的面粉发给了战士们;并非所有人都得到了冬季制服。朱可夫找来格里亚兹诺夫。此后汽车去费隆诺沃和帕姆费洛沃取弹药。

进攻延期直到特别指令(下达)。

按照命令开始是一个半小时的炮火准备(沿着道路,使任何一辆汽车不能从博利绍伊开走)。然后是空军。骑兵队在师团的地段上(在第二梯队)。任务:2 天到达奇尔河。

19／XI   1942 年 11 月 19 日①

昨天师团与邻军一起进行了局部战役,占领了 228 高地和博利绍伊的大部分。战役是以部分力量进行的,为达到迷惑敌人的目的。

在博尔罗夫斯克,有坦克部队驻扎(由某位少将指挥)。舞会时 70 人受伤,6 人被打死。

(图片 52)

---

① 斯大林格勒战役第二阶段(进攻)的开始。

23/XI   1942 年 11 月 23 日

19 日 7:30,有"喀秋莎"火箭炮参与的最强大的炮火准备开始了,持续了一个半小时。然后,步兵进行攻击,坦克和骑兵进入了突破口。

我们师在 228.0 高地(再次被罗马尼亚人占领)止步不前。21 日凌晨,罗马尼亚人撤退,师团推进了约 30 公里。罗马尼亚人迷路的连队试图夺取我们安置在 228.0 高地的炮台,但被及时赶到的"克莱门特·伏罗希洛夫"重型坦克俘虏了。所有人都被枪决了。

德国人的防线在斯大林格勒以南和谢拉费莫维奇地区被突破。占领卡拉奇、阿布甘涅罗沃。13000 名俘虏。在罗马尼亚俘虏的口袋里有炒黑麦。

我们师转入了第 1 近卫军。

(图片 60)

25/XI   1942 年 11 月 25 日

我们在戈尔巴托夫斯基。连队损失重大。

当地妇女们对意大利人和罗马尼亚人习以为常。纵酒作乐、酗酒等。

23 号,我们部队又推进了 10—20 公里,俘虏了 11000 人。

27/XI   1942 年 11 月 27 日

我们师隶属于第 1 近卫集团军第 14 近卫军团。给军团的命令:守住已占领阵地上的防线。师里没有人。例如,41 团大约有 100 人。

给 36 团增加了整个补充营。给师团增加了中型坦克连。

罗马尼亚人逼攻。36 团跑了约 5 公里。2 班——20米——罗马尼亚人,有 2 挺重机枪的拖拉机——坦克。罗马尼亚人跑开 300 米,在战场上留下伤员。

在斯大林格勒附近俘虏了 51000 人。

战役在持续进行,大概,情况还不坏。

我们的邻军——616 步兵师——大部分由少数民族组成。开始自伤。有信号表明,在戈尔巴托夫斯基藏着自动枪手。

29/ⅩⅠ   1942 年 11 月 29 日

27 号,我们师和 616 步兵师相当混乱地放弃了乌沙科夫、克里沃什雷科夫、戈尔巴托夫斯基。自动枪手毫无阻碍地进入戈尔巴托夫斯基。现在防线穿过这条村庄链。在斯大林格勒附近的所有战役中俘虏 63000 人,缴获 1320 辆坦克。大卢基附近的前线被突破。

6/ⅩⅡ.42   1942 年 12 月 6 日

据副人民委员说,斯大林格勒战役的任务基本完成。剩下 1—2 天的工作。

8 号,有西南、顿河和沃罗涅什方面军军队参与的,以包围敌人并在北顿涅茨合并我们的部队为任务的进攻开始了。

使意大利退出战争需要给予他们打击。在顿河前线有 5 个坦克军团。给了师团 2 公里的地段。炮火准备 70 分钟,然后 10 分钟的间歇,再次 10 分钟的炮火准备。

21/XII   1942 年 12 月 21 日

行动在 12 月 16 日开始。我们地段上(阿斯塔霍夫)的炮火准备不是特别强,实际上德国人的反坦克防御还没被摧毁。步兵未能占领阿斯塔霍夫。40 辆被炸毁和击伤的坦克(其中美国的坦克达 15 辆),18 号夜间,坦克军团把德国人从阿斯塔霍夫打了出来。

然后我们的部队占领了从博科夫斯卡亚到卡尔金(除科尼科夫之外)的居民点。从沃罗涅什方向,军队向米列罗沃推进得更成功。反坦克地雷的爆炸。

28/XII   1942 年 12 月 28 日①

占领塔钦斯卡亚,包围米列罗沃。托尼娅·奥布霍娃。从塔甘罗格运往德国 16000②。后方的姑娘们都和德国人结了婚。

1943

2/I.43   1943 年 1 月 2 日

---

① 1942 年 12 月 31 日,第 14 近卫师从斯大林格勒会战中被撤出,参考文献附于文末(【12】,535 页)。

② 原文如此。——译者注

新年前夕,我们师开始向莫罗佐夫斯卡亚进攻(与其他部队一起)。然而在空军强大的掩护下,敌人转入反攻,师团来到了乌留皮诺。白天情况恢复了,夜间部队完成了包围,往莫罗夫斯卡亚右边推进了20公里。

博科夫斯卡亚的警察长官,莫罗佐夫斯卡亚的村长,是积极的共青团员。

占领大卢基、埃利斯塔、奥布利夫斯卡亚。

4/Ⅰ　　　　　　　　　　1943年1月4日

科尼科夫,军队和前线参谋长(被害)。C_2H_5OH[①]。关于格鲁吉亚人和卡拉—巴甘的总体信息。

10/Ⅱ.43　　　　　　　　　　1943年2月10日[②]

1943年1月30日,开始向伏罗希洛夫格勒进攻。炸弹直接命中38集团军的指挥所。2月7—8号创造了有利的情况。

雷瑟和白斯克列瓦特之间的"鬼洞"(在俄罗斯,人们将野外的通向未知深渊的入口称为"鬼洞"——译者注)。两次恐慌。61近卫师。文件。

占领库尔斯克、贝尔格莱德、克拉姆托尔斯克。

日记中最后一次用紫色墨水写的笔记。剩下一张白纸。

①　乙醇分子式。——译者注
②　斯大林格勒会战于1943年2月2日结束。

8/Ⅲ.43   1943 年 3 月 8 日

几天前,德国人集中了 5—6 个坦克师的突击部队转入了进攻,占领了帕夫洛格勒、洛佐瓦亚、巴尔文科沃、斯拉维扬斯克、克拉玛托尔斯克、克拉斯诺阿尔梅伊斯科耶、利西昌斯克、克拉斯诺格勒。第 3 近卫集团军困难重重。

然而鉴于德国步兵的数量不大,情况评价乐观。在库尼扬什卡地区,我们等待第 3 近卫集团军的到达。

* * *

日记中系统的笔记到此结束,以下引用的笔记是写在乌克兰从德国人手中解放之后,用铅笔写在上方打孔的便条页上,放在日记中 1942 年 2 月 18 日处。

14/Ⅷ.43   1943 年 8 月 14 日

波特沃洛奇斯克。教堂及天主教教堂中的礼拜。与天主教司铎的对话。

天主教教堂的结构。天主教教堂与东正教教堂的区别。学校校长。

随着德国军队的到来,所有民事领导的职位都被乌克兰少数派占据,少数派开始攻击,开始部分地迁移波兰人。到 1939 年(?)波兰人与乌克兰人之间开始产生摩擦。

在此之前,波兰政府对乌克兰人的右翼民族运动不闻不问。

有个合法的乌克兰军事组织"Cir",它的口号是:"乌克兰人的乌克兰"。

1939 年,从红军到来之时到开始进行集体化,乌克兰居民被整顿得对苏维埃政权非常忠诚,只是从那时起,乌克兰在很大程度上是亲德的。

1944 年赶走德国人后,乌克兰的民族主义者走入了思想的死胡同,但大部分是亲希特勒的。

村子里有杀害苏维埃工作人员的事,有必要组织歼击机队。

在波特沃洛奇斯克——有 160 人。

进步的教师组织——有 170000 人。"波兰参与瓜分捷克斯洛伐克——是波兰的棺材上的第一颗钉子。"

关于斯拉夫人的软弱和西方民族的"力量"。在撒哈拉向德国人提供生存空间的计划。

用普通铅笔写的,用黑色墨水修改的文章的草稿,放在日记中。

上完化学系四年级,我来到前线。

我的军事生涯开始于 1941 年 9 月,在卡霍夫卡附近。我被派往第 14 近卫步兵师,那里成了我一年半的家。

最让我难忘的是这个时期是从平静和平的生活向紧张的军事生涯的过渡时期。只有在这里,在师团里,我才明白了我对此准备得是多么不足。在莫斯科获得的两周的军事训练是不够的。学生时代我从事了大量体育锻炼,是坚韧耐劳的,但是除此之外,在这里需要的是其他的:要了解军事事务。

以前我常常思考战争的可能性，但这是抽象的沉思。让我感到羞耻的是，我从没有问自己直接的问题："我是怎样为此准备的，我如何能经受战斗生活，我能做什么？"

现在深入战争，我明白了这需要长期而严肃的准备。

大学教育令人遗憾的缺点是显而易见的，例如对军事事务完全没有认真安排。对中学毕业的年轻人来说，服役是理所当然的。保卫祖国——不是一句话，而是事务，需要以最严肃的态度去准备。

我的连队那时有以捕获敌人为俘虏的侦察任务。它的成员是干部，在那里可以学到东西。

怀着感激，我回忆起自己的第一位乌克兰指挥官，于 1942 年牺牲的鲁琴科中尉。

他温厚地开我没经验的玩笑，一定要叫我"教授"（他是指我已上完大学四年级），他教会我战斗状态下行为活动的第一课。

跟曾在前线的其他同志一样，我不得不在最初几个月里体验心理的转变。

处于后方，读着报纸上有关德国人兽行的报道的人当然确信他恨德国人，但这不是前线战士所滋生的那种对侵略者的仇恨。

起初遇到德国俘虏，我在自己的心灵中寻找对他们的仇恨，然而让人懊恼的是，找不到这种感觉。它连同燃烧的村落、被炸毁的工厂、数千吨脱完粒的粮食构成的巨大"篝火堆"（指德国人将粮食堆点燃，仿佛篝火）一起姗姗来迟。

有时,一个或其他上千个类似的微小片段要比大事件会给人带来更深刻的印象。我就经历过。

村子上方来了两架德国飞机,向街道射击。这时,我的女房东的儿子——一个 4 岁男孩——穿过街道向自己的房子奔去。突然他好像绊倒了,我跑过去把他抱在手里,他中了德国飞行员的子弹。在他的因痛苦而发狂的母亲跑来之前,他死了。

离去的飞机、手上和军用衬衫上的血、被杀的乌克兰男孩作为德国入侵的影像让我终生铭记。

这才诞生了真正的仇恨。甚至后来奥斯维辛的景象也没有为此感受增添太多内容。

关于斯大林格勒会战

第 14 近卫步兵师自 1942 年 7 月 17 日至 12 月 31 日期间
在斯大林格勒会战中的行动

历史学家、军人、作家都研究过斯大林格勒会战，拍过关于它的电影，参与者的证言可形成一个完整的回忆录图书馆。

日记作者并未给自己制定重新描述这场伟大战役的任务，他试图使前线日记的简短记录与所描述时间中进行的军事行动同步化，并使读者了解战后有可能将事件复原的战争参与者和研究者的流传到今天的对几幅会战画面的描述。

"军事史认为公元前 216 年，迦太基统帅汉尼拔在意大利东南部不大的城市坎尼击溃罗马军团始终是经典之战。……坎尼一战以后两千一百五十八年，'斯大林格勒'这个词成为包围并摧毁敌人的灵巧作战的同义词。"（V.卡尔达绍夫，《罗科索夫斯基》，"名人生活"丛书，莫斯科，《青年近卫军》，1984，288 页。【10】）

斯大林格勒会战有两个阶段：防御阶段和进攻阶段。

防御阶段没有准确的时间示数，既没有命令指明，也没有大型的战役标明。

"就从 1942 年 7 月 17 日早上开始，重新组建的斯大林格勒方面军的 62 集团军的先遣支队在奇拉河附近被太阳晒焦的七月草原上,用团属加农炮向弗里德里希·保卢斯上将军队的前卫开火。从这天起,在顿河和伏尔加河的草原上展开了不管在范围上还是在残酷程度上都未曾有过的战役。它持续了六个半月,超过人类历史中所有已知的战役,双方参与人数超过 200 万人,26000 门迫击炮,超过 2000 辆坦克及将近 2000 架飞机。"【10】

1942 年 7 月 17 日,人员渐渐稀少,我们在南方前线的防御战斗中筋疲力尽,损失了自己第一位指挥官——И.M.舍佩托夫少将(参见文后注释 11),第 14 近卫步兵师(奥列格·莱乌托夫中尉所服役的近卫军)的军队建制取消了。第 7 近卫师原师长 A.C.格里亚兹诺夫少将被任命为新指挥官。在他的指挥下,师团参与了从 1942 年 7 月 17 日到 12 月 31 日的斯大林格勒会战(A.M.萨姆索诺夫院士,《斯大林格勒会战》,莫斯科,科学出版社,1982,535 页。【12】),即五个半月时间。整个斯大林格勒会战持续了将近六个半月,于 1943 年 2 月 2 日结束。在笔记本里,这段时期记录在仅仅 9 页薄纸上。

"到 1942 年 7 月,由于失去克里木以及苏军在哈尔科夫附近、顿巴斯和沃罗涅什附近的失败,战略的主动性又回到敌人手中。7 月中旬,希特勒的军队从广阔的前线上进入顿河,7 月 25 日占领罗斯托夫。"(【10】,269 页)

"8 月 19 日,希特勒分子的第 6 和第 4 坦克军的突击集团开始对斯大林格勒同时进攻。经过三天的战斗,德国法西斯军队强行渡过顿河……8 月 23 日晚间,进入斯大林格勒西北的在

拉托尚卡和阿卡托夫卡村地区的伏尔加河。"【10】

亚历山大·韦尔特在《1941—1945 战争中的俄罗斯》一书中【11】的"斯大林格勒——崔可夫的讲述"[17]一章里引用瓦·伊·崔可夫将军(后来的元帅)出版于 1959 年的书《初上征途》,该书被韦尔特评价为"对这场复杂的会战最好的描述""是苏联所有将军中所写的最坦白的书之一"。在斯大林格勒围城期间,瓦·伊·崔可夫将军是第 62 集团军的司令员。

"德国人对斯大林格勒的进攻放缓……斯大林格勒以南的大弹药仓库被德国轰炸机摧毁,不久军队开始感到严重的弹药不足……他们(军队)被命令撤到北边,撤到下一个天然防御边界——梅什科瓦河,大约距斯大林格勒以南 60 公里。在战斗期间,尽管在顿河河湾失败,但苏联军队在顿河和伏尔加河之间,实际上在斯大林格勒的城郊,已经开始像以前少见的那样去战斗了。

崔可夫引用了大量例子,例如绝望地抵抗敌人,捆上手雷,向德国坦克奔去的士兵们。不久前才加入 62 集团军和 64 集团军的新补充的队伍,"获得了经验,得到了锻炼,成熟了"。德国人的计划——向伏尔加河突破,同时,既包围 62 集团军也包围 64 集团军——失败了。这两支军队注定要承担起保卫斯大林格勒的主要重担。

"希特勒命令 8 月 25 日占领斯大林格勒。8 月 23 日,在这个真正悲剧的日子里,德国人突破了斯大林格勒以北的伏尔加河达 8 公里的地段。在这一天,600 架飞机实施了对城市的袭击,其结果是将近 4 万和平居民死亡"。(【11】,314—315 页)

V.卡尔达绍夫:"在这一天(8月23日),为力求加强打击并在城市居民中引起恐慌,希特勒的空军猛烈攻击斯大林格勒。莫斯科时间16时18分,空袭开始,上百架轰炸机一个梯队接一个梯队地投下数千枚爆破弹和燃烧弹""……1942年8月,戈培尔式的报纸兴高采烈地刊登了燃烧着的斯大林格勒的照片。

"从今以后,很多个月,巨大的烟柱和伏尔加河上的火光成了斯大林格勒的典型风景。在这座熊熊燃烧的城市中,从八月底开始,在它的城郊,在街道和广场上,在工厂的建筑中进行着残酷的战斗。德国法西斯军队紧靠城市,他们于9月13日开始了对它的突击。对于斯大林格勒的保卫者来说,9月13、14、15日是难以置信的困难之日。敌人什么也不考虑,一步一步地穿过城市的废墟向伏尔加河突破……到9月26日,经过13次猛烈交锋,希特勒分子占领了市中心,但他们没能完成主要任务——掌握斯大林格勒地区的伏尔加河的所有河岸。被敌人将崔可夫的部队与前线其他部队隔离,被他们从三面包围,被紧逼到伏尔加河,遭受不间断的炮击和空袭。流着血的瓦·伊·崔可夫的62集团军坚韧不拔、勇敢无畏地击退了敌人将其切断为几部分并消灭他们的一次次新企图。"(【10】,271—272页)

亚历山大·韦尔特这样描写对于在斯大林格勒的苏军而言最为艰难的十月:"古里耶夫少将的第39近卫师于10月1日来到斯大林格勒,师团不得不在很多危急的日子里保卫"红十月"工厂(这个师幸存下来的战士中有些人后来来到了柏林)。在这天还有古尔季耶夫上校的一个著名的师渡过伏尔加河。这个师的士兵中有很多是西伯利亚人,他们不得不在十月期间承担起斯大林格勒北部最艰难的战斗。

再次到来的日卢杰夫将军的近卫师部队是那样的顽强。"

"这是真正的近卫军。"(《崔可夫的讲述》)

"都是年轻的、高大魁梧的、健康的人们,他们中的很多人穿着空降人员的制服,腰上带着匕首和芬兰刀……突击时,(他们)用刺刀把希特勒分子像装干草的口袋那样扔过去。用小队强攻。回到家和地下室,他们在门口取下匕首和芬兰刀……在包围中用尽最后的力气搏斗,高呼'为了祖国,为了斯大林,我们不逃走,我们不投降!'的口号死去。"(【11】,325页)

瓦·伊·崔可夫:"从 10 月 8 日起开始了对决定性战斗的准备……希特勒向其附庸国保证在近日内占据斯大林格勒。德国士兵从战壕里叫喊:'俄国人很快就在伏尔加河里淹死了!'飞机向城市撒传单。那上面……标明坦克和火炮从各个方向包围了我们的军队。他们嘲弄地提醒,没有从北方向这里突破的斯大林格勒方面军如何撤退。"(【11】,326页)

"总结了发生自 10 月 14 日到 23 日的残酷的十日战斗的结果,崔可夫写到,敌人的力量和我们的一样,都快消耗尽了。十天的战斗中,德国人再次将我们的军队分割成两部分,给我们带来了巨大的损失,占领了斯大林格勒拖拉机厂,但没能消灭北边的小队……和军队的主要力量(在南方行动的)。"(【11】,329页)

"到 10 月 30 日已经很明显,防线经得住敌人的猛攻,苏联军队赢了战役。"(【11】,329页)

"然而会战还没结束……11 月 11 日,德国人开始对斯大林格勒的保卫者们进行最后的大型进攻。五个有坦克和空军支援的德国师团在 5 公里的前线上转入进攻,试图一个急行军就冲到伏尔加河。然而苏联战士如此顽强地在自己的阵地上设防固守,以至于德国人仅仅得以缓慢地向前推进。正如崔可夫所说的:"为了每一寸土地,为了斯大林格勒的每一块砖石而进行战斗。"(【11】,329—330)

目前隶属 63 集团军的第 14 近卫军师完成组建后,投入了斯大林格勒会战的第一防御阶段的远方要冲的战斗(参见"远方要冲的防御"一章【12】,以及参见日记的 1942 年 7 月 27 日到 8 月 30 日的记录)。

A.M.萨姆索诺夫院士在《远方要冲的防御》一章中写道:

"在战斗的最初几天,重要的是赢得从预备役队伍中集结军队并将其在防线的边界上展开的时间。对于恢复打通撤退的艰难道路的部队和兵团的安全而言,时间是必要的……在相当大的程度上,这个重要的任务解决了。敌人的进攻速度从一昼夜 30 公里(7 月 12—17 日)降至一昼夜 12—15 公里(7 月 18—22 日)。

"苏军在通向斯大林格勒的远方要冲上力求不让敌人强行渡过顿河和进入伏尔加河。守住克列茨卡亚、卡拉奇、上库尔莫亚尔斯卡亚地区是保证稳定防御的决定性手段,该地区是从西向斯大林格勒进行主要交通联络的地区。"(【12】,90 页)

63 集团军于 1942 年 7 月 17 日获得了来自军事委员会的战斗任务:

"63 集团军——占领并固守从巴布卡到梅德维季察河河口（大概从帕夫洛夫斯克到谢拉菲莫维奇）的顿河左岸的 250 公里的前线……所以不许敌人突破顿河对岸，而以专门选出的部队和侦察队与敌人在河右岸进行火力接触。集团军司令 В.И.库兹涅佐夫中将[18]决定把军队的主要力量集中在防线的中心并阻断敌人向从西北方向延伸至斯大林格勒的铁路行动。"（【12】,91 页）

日记,1942 年 7 月 27 日：

"在顿河的中间地段，我们师占据着防线的广大地段。

"执行了统帅部 8 月 9 日的指示，А.И.耶廖缅科将军[19]命令斯大林格勒方面军在阻断从西边通向斯大林格勒的道路的巴布卡—克列茨卡亚—博尔申纳巴托夫斯基的边界上防御顿河左岸。

"给军队安排了战斗任务：

"63 集团军——固守巴布卡、霍皮奥尔河口前线的顿河左岸。防线的区域——200 公里（每个师团的防线长达 40 公里）。预备役军队——两个步兵师。

"21 集团军——防御从霍皮奥尔河口到梅洛—克列茨基的区域。防线的区域——140 公里。预备役军队——两个步兵师。"（【12】,114 页）

日记,1942 年 8 月 23 日：

"从（8 月）14 号起，师团 3 天就完成了 170 公里行军，占据了沿顿河—乌斯季霍皮奥尔斯卡亚以右的防线。这样我们的第 14 近卫师就完成了防御时期的第一阶段，并从远方要冲来到了邻近要冲。

"在顿河草原,在通向斯大林格勒的远方要冲,苏联军人进行着不屈不挠的斗争,他们在复杂的战斗情况下表现出勇敢和自我牺牲精神,顽强地保卫每一个阵地。"(【12】,123 页)

"在斯大林格勒附近的会战的防御时期,在第一个阶段过程中,斯大林格勒和东南前线的军队不仅仅在相当长的时间内拦阻了敌人的第 6 和第 4 坦克集团军,而且重创了其有生力量和技术装备。"(【12】,123 页)

"8 月下旬德国法西斯指挥部不得不再次更改其军队进攻斯大林格勒的计划。

"这次敌人决定同时在两个相交的方向上——从斯大林格勒的西北方和西南方进行两次打击。北方集团军(保卢斯的第 6 集团军)应占领顿河小河湾的进攻基地并从西北方向斯大林格勒方向进攻。南方集团军(第 4 坦克集团军)从普洛多维托耶、阿布甘涅罗沃地区沿铁路向北进行打击……"(【12】,126 页)

"保卢斯的第 6 集团军猛冲到斯大林格勒……它的部队在韦尔佳奇和佩斯科瓦特卡地区强渡顿河。敌人以其跟随步兵师的第 14 坦克军团的力量占领进攻基地,他们扩大了战果。城市防线的外部环形防御线被突破,在通向城市的邻近要冲的防御环形防御线上开始了战斗。

"斯大林格勒前线军队的指挥部试图改变冲向斯大林格勒的德国第 6 集团军的沿侧翼的反攻事件的发展。8 月 20 日,63 和 21 集团军的军队以部分力量转入进攻。强渡顿河后,他们为扩大进攻基地展开了残酷的斗争。结果:8月22日,63集团军的第197、14近卫步兵师和21集团军的第304步兵师在顿河右岸突破敌人的防御区域,并使希特勒分子撤退至雷布内—上克里夫斯基—亚戈德内—杰维亚特金—乌斯季霍皮奥尔斯基边界……遭遇顽强抵抗的进攻师团无力扩大战果,况且通过顿河运送的弹药缺乏。"(【12】,128页)

日记,1942年8月23日和30日:

"20日师团……转入进攻,击溃54和55意大利步兵团并抓获了超过500名俘虏,占领七个居民点,推进16—17公里。8月24日发出命令:师团转入固守。

"A.M.萨姆索诺夫院士:'苏联兵团反击了敌军三个师团的大量反攻。从8月28日早晨开始,根据前线司令员的命令,63和21集团军的进攻被暂停,他们转入防御。他们在顿河右岸(谢拉菲莫维恰西南)占领的进攻基地前线正面达50公里,纵深达25公里。'"(【12】,142页)

日记,1942年9月16日:

"1942年9月1日,敌人在坦克的支持下转入未获胜的进攻……抓获60名俘虏。已查明,被我们击溃的'斯福尔扎'师被各有4000人的5团及6团(山地师"特里丹提诺")代替。九月一号后,积极的行动停止了。

"1942年10月初,战线有400多公里长,司令员(罗科索夫斯基)前往右翼、前往占据了顿河左岸、北岸地段的63集团军。这支军队以及与其联合控制顿河南岸、叶兰斯卡亚、乌斯季霍皮奥尔斯卡亚、谢拉菲莫维恰地区的进攻基地的21集团军很快转

入尼·费·瓦图京[20]指挥的新西南方面军。"(【10】,277 页)

"这时,从 1942 年九月底在最高统帅部……严格保密下研究斯大林格勒附近的反进攻计划。"(【10】,273 页)

"对进攻的准备要求大量有组织的力量,进行中注意绝密性。这样,在进攻之前数周期间,这些方面军的士兵们及其家庭之间的所有邮件联系都被终止。

"尽管德国人轰炸了通向顿河以北地区的铁路,他们没有关于运到(主要是夜间)顿河以北和顿河河湾的两个主要苏联进攻基地的技术装备和军队数量的清晰概念。德国人没有预料到,苏联的反进攻(如果它完全被采用)可采用如此大的规模。前线还有更困难的调遣大量军队和技术装备到斯大林格勒前线、南方的任务。为此不得不使用伏尔加河以东的德国人轰炸过的的铁路,以及架设浮桥、设置门桥渡过伏尔加河,可以说就在德国人的鼻子下。与顿河以北地区不同,那里有些森林,在斯大林格勒以南光秃秃的草原上,保障伪装尤其困难。

"尽管如此,毕竟德国人没有对已准备好的打击的威力的概念。"(【11】,353 页)

终于进攻开始了,1942 年 11 月 19 日"阴沉的,但是幸福的清晨","在毁灭性的炮火准备和我方步兵从谢拉菲莫维恰的进攻基地的攻击之后,在对敌人绝对保密的情况下,我们师团隶属的第 5 坦克集团军的 T—34 密集坦克展开了突破"。(见"O.A.莱乌托夫的简要战时生平"一章)

(图片 60)

不仅是苏联军队,而且是我们整个国家,经过如此漫长而无休止的等待后,进攻开始了,国家顽强而忘我地运转,为的是在1942 年 11 月 19 日这个历史节点,开始对法西斯覆灭计数。

亚历山大·韦尔特:"……11 月 19 日……在罗科索夫斯基指挥下的顿河方面军的军队和瓦图京指挥下的西南方面军的军队向南部卡拉奇方向行进……11 月 20 日,耶廖缅科指挥下的斯大林格勒方面军的军队自斯大林格勒以南的区域行进到西北方向与其会合。"(【11】,352 页)

亚历山大·韦尔特:"后来斯大林格勒的战士们告诉我,带着某种狂喜、希望和不安,他们细细听着遥远的但猛烈的炮击轰鸣声,这轰鸣声在 11 月 19 日早上 6 点和 7 点之间,在斯大林格勒前线的一天中这个寂静时刻传来。他们明白,这炮声隆隆意味着什么。它意味着,他们在整个冬季不必再防御斯大林格勒。从掩体中探出头,在几乎一片漆黑中——暗淡潮湿、雾蒙蒙的黎明微现——他们细心听着。"(【11】,351—352 页)

"主要的事件发生在西南方面军的第 21 和第 5 坦克集团军那里。"(【10】,287 页)

"在第 5 坦克集团军第一梯队中,有第 14 和 47 近卫师,以及 119 和 124 步兵师。在炮火的掩护下,部队向敌人的前沿靠近了 200—300 米。当炮火移向敌人防线的深处时(8 时 50分),第一梯队的军队向前冲去。战士和指挥官们越过深深的沟壕、穿过铁丝网并战胜了敌人疯狂的抵抗,勇敢地向前冲,为了执行战斗命令不吝惜力量、鲜血和生命。"(【12】,367 页;苏联国防部中央档案馆,胶片 331,目录 24441,卷宗 4,23 页;A.M.萨姆索诺夫院士引用苏联国防部中央档案馆的文件,367 页。)

"敌人所有阻止苏联军队强大部署的企图都迟了。它数量不大的预备役队伍还是逐个地被进攻的苏联坦克击溃了。在希特勒的后方恐慌蔓延……（保卢斯的）第6集团军司令部的第一副官 V.亚当证实：

"从（德国第6）集团军供给处到穿过顿河的下奇尔斯卡亚的桥已经不远了。但我们现在所经受的超过以前的一切。可怕的景象！被恐惧（面对苏联坦克）所刺激的人们，西边奔驰的载重汽车、小轿车和司令部指挥车、摩托车，骑手和马车运输车，他们互相碰撞、堵上、翻倒、踩踏，互相挤着，行人向上爬。谁要是磕磕绊绊摔倒在地，就站不起来了。人们开始踩他，从他身上轧过。

"……野蛮的混乱控制着上奇尔斯卡亚。

"对希特勒的军官来说，所看到的是新事物，但应该对此习惯。以后在乌克兰和白俄罗斯，波罗的海沿岸地区和波兰的道路上，而后在'第三帝国'的公路干线上，相似的场景将在各处发生。等待保卢斯第6集团军的是可怕的终结。"（【10】,287—288）

1942年11月19日，第14近卫步兵师加入第5坦克军第一梯队，参与从谢拉菲莫维恰进攻基地开始的进攻后，该师为争夺228.0高地与替换被击败的意大利团的罗马尼亚人展开了顽强的战斗（图片60）。击退反进攻并战胜敌人的抵抗后，已经属于第1近卫集团军的师团缓慢地挤压锋线，完成了包围并将希特勒军队置于包围圈的总任务（日记，1942年11月19—29日，【12】）。

"从 11 月 24 日到 30 日,展开了顽强的战斗,西南方面军的第 1 近卫军和第 5 坦克集团军的军队在克里瓦亚及奇尔河边界上设防固守。他们准备反击敌人可能来自西边的打击。"(【12】,401 页)

"十一月斯大林格勒附近的反进攻成功完成。消灭被包围的敌人不是件容易事。它的成功实施很大程度上取决于反法西斯德国的武装斗争的下一步进展情况。"(【12】,401 页)

隶属第 1 近卫集团军,后来属于第 3 近卫集团军(也是邻军)的第 14 近卫步兵师于 1942 年 11 月 30 日完成了包围希特勒军队的行动后,参与了"小土星"行动。

苏联军队在斯大林格勒附近反击解围德国法西斯军队的集群,并以中顿河地区的西南方面军及沃罗涅什方面军的南翼军队的力量消灭了敌人的十二月行动,此次反击被称为"小土星"行动。(参见 1942 年 11 月 6、21、28 日的日记;【12】,461—463 页,468,469 页;1943 年 1 月 2 日的日记。)

"西南方面军的军队和沃罗涅什方面军的部分力量在十二月进攻期间消灭了 5 个意大利师团和 3 个旅,击溃 6 个师。

"此外,给 4 个步兵师、2 个德国坦克师带来了重大打击。在这些战斗中,苏联军队俘虏 60000 士兵和军官,缴获 368 架飞机,176 辆坦克和 1827 门炮。

"中顿河地区的会战结果使敌人失去了从西方给予斯大林格勒附近被包围的集群援助的机会,而其从南方来自克捷利尼科沃地区的进攻被削弱了。除此之外,出现了苏军在伏罗希洛

夫格勒和沃罗涅什方向扩大进攻的前提。"(【12】,473 页)

"在苏军面前展现出在前线的整个南翼实现战略进攻计划的新机会。不过是数天过后,红军在从沃罗涅什到黑海的漫长前线上将展开向顿巴斯和罗斯托夫的总进攻。"(【12】,474 页)

近卫军上尉奥列格·莱乌托夫的兵役随后与在顿巴斯的进攻、解放马克耶夫卡、强渡第聂伯河相连。

现在,有了对第 14 近卫步兵师在斯大林格勒会战中的行程、这个师在诸兵种合成的行动中进行战斗的时间和地点(图片 60)的概念,就可以再次确信,对于所分析事件的直接参与者而言,同步并详细地将这些事件记载到学生用的练习本上是多么困难。因此记载变得越来越少和更加程式化。我们在日记中找不到对学者和战略家们的著作所研究的战斗有条理的描写,但通过这一章就明白了,正是第 14 近卫步兵师完成了(这一切)。好像虚线一般,那 9 页泛黄的纸为我们勾勒出历史上最伟大的会战的六个半月中的五个半月的轮廓。用沉默回避跑出野战医院的一幕(对其的暗示可能在 1942 年 12 月 21 日的记载中:"反坦克地雷的爆炸。"),被授予高一级的军衔以及十一月的奖章的情况。(图片 51、52、69)

奥列格·莱乌托夫与日记告别了。事件的洪流、急剧的成熟、伏尔加河上战斗的景象永远留存在他的记忆和梦中了——他已不再写日记了。以志愿者身份前往前线的大学男生成了战士。在日记结束时,这名战士 22 岁。

斯大林格勒会战的结束阶段——著名的斯大林格勒"合围"——从 1943 年 1 月 1 日进行至 2 月 2 日。被苏军包围的德军官兵进入了斯大林格勒"合围"。尽管四面楚歌,输了会战的敌人仍负隅顽抗,以至于突袭和消灭敌人从 1943 年 1 月 10 日持续到 1 月 26 日。

"……1943 年 1 月 26 日,斯大林格勒的保卫者们迫切等待的那个时刻到来了:爆发战斗已数周的马马耶夫山岗,21 集团军的军队和城市的保卫者——崔可夫的士兵们会师了。德国国防军第 6 集团军垂死挣扎。

"……从 1 月 27 号早晨起,罗科索夫斯基的军队开始消灭分散的敌人集群。现在德国士兵开始成群结队地投降了。

"1 月 31 日黎明前,待在从昨天就被苏联士兵封锁的斯大林格勒大学楼房的地下室内的保卢斯收到了来自希特勒的最后一份电报:'祝贺您提升为元帅。'

"在这个早晨,陆军元帅弗里德里希·保卢斯与司令部一起向康斯坦京·罗科索夫斯基上将(上将军衔于 1943 年 1 月 15 日由顿河方面军司令员授予)的士兵投降。"(【10】,305—306)

甚至在投降后,保卢斯仍拒绝向继续在斯大林格勒西北部战斗的德国部队发布停止抵抗的命令,他说明自己拒绝的理由:他(保卢斯)此时是战俘,他的命令无效;北部集群有自己的司令员,他们不服从于他。

那时,1943 年 2 月 1 日 8:30 整,"大地震动,一种从未有过的力量旋风般向顽抗的敌人猛攻而来……

"火海笼罩了希特勒分子的阵地。苏联武器展现的威力是令人震惊的。"(【10】,309 页)

"后来经统计,在斯大林格勒会战的最后一天的射击中,火炮—迫击炮炮身的密度达一公里 338 门。火箭炮共计 1656 架。"(【10】,308 页)。这可不是 1941 年了!

"持续了 15 分钟的急袭射击置敌人于死地。

"结束后,立刻投降的敌军士兵成行成列地向后方而去。斯大林格勒附近的敌人被消灭了。"(【10】,309 页)

摘录自给最高统帅部的报告:"顿河方面军的军队于 1943 年 2 月 2 日 16:00 结束了对斯大林格勒的敌人集群的突袭和消灭。

"……由于全部消灭被包围的敌军,在斯大林格勒市及斯大林格勒区的战斗行动停止。"(【10】,309 页)

"伏尔加河及其右岸被寂静笼罩。斯大林格勒又成了正在进行的战争中的后方。前线离它越来越远。"(【12】,507 页)

斯大林格勒会战的历史、战略及政治意义巨大。朋友、敌人、盟友对此都予以承认。很清楚,在斯大林格勒附近决定了战争的进程。

"美国总统罗斯福评价了斯大林格勒英雄们的功勋,在这些天他写道:'他们光荣的胜利阻止了入侵的浪潮并成了联盟国家反击侵略力量的战争之转折点。'在这场会战中,不仅仅是对希特勒精锐军队的消耗。在这里耗尽了进攻的士气,法西斯的道德精神被摧毁了。法西斯德国的哀悼日①对于所有反法西斯世界而言成了希望之日。

---

① 事实上是三天:"所有人都从德国人宣布三天的全国哀悼中体会到了深深的满足——这是纳粹政府和德国人民应得的屈辱。"(【11】,390 页)

"'斯大林格勒'这个词就像抵抗的密码、胜利的密码一样口口相传。"①(【12】,5—6页)

①　1980年为恢复与长期中断所有外交关系(没有大使馆、没有领事馆、没有代表处)的以色列的最初联系,奥·亚·莱乌托夫院士被派往以色列出差。(由以色列方面安排旅程,苏联代表团的成员由其提议。)在那里,他们为奥列格·亚历山德罗维奇表演了在伏尔加河上会战的日子里创作的关于斯大林格勒的歌曲。"我们明白,如果不保卫斯大林格勒,我们所有人就完了。得知德国人被击败,我们兴高采烈,互相祝贺!"以色列人说。

《日记》后的战争

斯大林格勒会战结束了。前线日记也完成了。

近卫军军人奥列格·莱乌托夫还将两次补写自己的笔记，他写满单独的纸张，把它们放在褐色的直行笔记本中：在被解放的乌克兰与学校老师的交谈和解放奥斯维辛后——这些材料放在正文最后——但他再没有系统地写日记。

然而战争在继续。距胜利还有漫长的两年半，距复员还有30个月。日记的作者已经不向我们讲述战争的这30个月他是如何度过的。但关于这段时间中的有些东西是可以了解的——从文件中，从他本人和他的前线朋友那里，从回忆录中，从照片里可以得知。（图片50,56—59,61—65）

"1942年底最高统帅部得知德国人准备使用化学武器。

"1943年2月，我从师里被调走，被任命为第3近卫侦察军化学处主任助理。1944年春天，我被提升为近卫军少校军衔并被调到前线司令部。以第4乌克兰战役侦察工作方面军的化学处副主任的身份结束了战争。"

已知的军事奖励：红星勋章（1944），卫国战争二等和一等勋章(1944和1945),我们已经知道的奖章"保卫斯大林格勒"(1942),"战功"奖章(1943)和"在伟大的1941—1945年卫国战争中战胜德国"奖章(1945)。(图片66—71)

斯大林格勒会战后,奥列格·莱乌托夫简略的战争地理学从1943年第一次和第二次解放顿巴斯开始。然后,近卫军少校于1944年(自4月11日到5月12日)作为在费·伊·托尔布欣元帅指挥下的乌克兰第4方面军的成员参与对克里木的解放,而后他来到波兰,在那里于1945年1月参与对奥斯维辛的解放。

奥列格·莱乌托夫在捷克斯洛伐克迎来了战争胜利。对他来说,5月9日以后兵役还在继续:他对德国的化学工厂进行拆除用了差不多4个月的时间,在1945年8月底才退伍。

1943—1945年期间的一些片段可以详细地进行分析。

片段一

克拉斯诺顿。"青年近卫军"

1943年2月中旬,红军的坦克突破到房屋和矿井被炸毁的克拉斯诺顿时,当然了,"青年近卫军"组织还不被城市以外的人所知。当地居民告诉军人们,这是怎样的运动,德国人怎么抓捕地下工作者,如何毒打他们,用火烧他们,如何杀戮并藏匿尸体。

这一切都发生在我军到达前的几天。(所有想回忆起青年近卫军人的生活和命运的人们可以阅读亚历山大·法捷耶夫的名著《青年近卫军》【13】。1946 年版早已成为珍品——这一版本是在克拉斯诺顿事件后,根据最新迹象和文件资料立刻写完的。目前可以见到 1954 年的补充修订版,但也是可遇不可求的。)

近卫军大尉奥列格·莱乌托夫与其他战士们一起倾听了有关地下工作者的命运的故事。应该找到行刑地点,帮助矿工们组织将遗体运上地面(掩埋地可能布了雷)。

被处决的孩子们的遗体在第 5 号矿井的探井中被发现了。将他们按顺序运上地面时,亲朋好友们辨认出了自己的亲人。当时就鉴定了殴打、烧伤和其他拷打留下的痕迹、枪伤。运上地面是件困难的事,持续了好几天,克拉斯诺顿的居民们就站在附近,没有离开。

关注"青年近卫军"运动,不能不注意到我们从学生时代就已习惯于接受的理所当然的东西。大批的孩子经受了德国人的拷打。

("是叛徒吗?"的问题即指没经受住拷问的人将被低看。)

我们的学生不知道早已在欧洲形成的坚定的观念——"德国人的拷问是经受不住的。"

阿姆斯特丹的女学生在广为人知的(感谢伊利亚·爱伦堡)《安妮日记》一书中平静地提及这些。没人觉得谁在拷问之下说出什么会被视为叛徒。不可能经受住——人们经受不住。

在 1960—1970 的关于战争时代的波兰文艺作品中,地下工作者简直是从战友被捕的时间推算出他开始供认的分钟数。而开始供认——是没人怀疑的:经受住拷问是不可能的! 沉默的几分钟是珍贵的——它们抵得上生命:可以循环地传递意识模糊的信息。墨守成规的方法,标准的步骤……虽然苦涩,但终究发生了。

(不久前导演奥列格・费先科据波兰作者的类似小说拍摄了适应现代社会的,由安娜・科瓦利丘克和康斯坦京・哈宾斯基担任主角的电影《巅峰之时》。电影中背叛不是发生在战争时期,而是发生在和平时期。)

这如同自然的灾祸,人在其中是无能为力的,一旦发生——如果可能的话,尽量使其后果最小化。只是克拉斯诺顿的孩子们不知道这个。他们不知道如何接受,他们不知道人体组织的极限之外的可能。他们为自己做了决定——这(指经受住拷问)不仅仅是可能的,而且对他们来说是应该的,于是就经受住了。不是一个人。不是两个人。是所有人。

匆匆放弃了克拉斯诺顿,害怕陷入包围的德国人在城里留下了自己的部分档案。这些档案被苏联司令部侦察队没收、整理、查看、翻译并继而按照指定地点发送。

后来这批档案的某些部分提供给了亚历山大・法捷耶夫用于创作小说。作家将其用于捕获、审讯和消灭"青年近卫军"成员的片段进行改造。

当然,像其他很多人一样,在学生时代读了法捷耶夫的小说,我也提出了两个最常见的问题:(1)在"青年近卫军"的队伍中有叛变行为吗？如果没有，组织是如何失败的？（2）为什么要求重写小说？在意识形态上（从当时学生的观点来看）它变得更薄弱。

相比其他人，我满足自己的求知欲要容易得多。要知道跟我一起沿特维尔林荫道散步的人，确切知道第一个问题的答案，并可以与他讨论第二个问题，因为他手中曾经拿着最初的几份德国档案，他还亲自了解了当时的情况和事发地点，而且他准备与我分享自己的看法和回忆。

在德国人留下的克拉斯诺顿档案中，没有发现证明"青年近卫军"成员中某人背叛自己同志的文件。所以可以确认他们经受住了审讯。他们在审讯中根本很少谈话。

后来克拉斯诺顿文件没有重新出现。为什么亚历山大·亚历山德罗维奇·法捷耶夫在自己的作品中引入了叛徒人物——显然：这简单且有逻辑地解释了组织失败的原因，而且存在这样的先例，看起来一切都令人信服。而为什么作者将现实存在的年轻人斯塔霍维奇确定为这一角色——原因仍未确定。斯塔霍维奇的亲属们后来如愿恢复了其死后的名誉，据说要求重拍谢尔盖·阿波利纳里耶维奇·格拉西莫夫最受欢迎的电影《青年近卫军》，电影中几乎他所有同期毕业的学生都参与了拍摄。

只是第三次改写小说已不可能——作者已不在人世。

至于"青年近卫军"的失败，奥列格·亚历山德罗维奇告诉我，那时使苏军侦察员相当吃惊的是，虽然孩子们失败了，但他们成功支撑了那么久，在德国人中间散布恐惧和恐慌。在这儿我们接近了第二个问题的答案。

（所提出的版本是推测的，而且完全可能是后来经过修正的。）

1942年7月上旬，利西昌斯克附近的战斗结束后，通过克拉斯诺顿涌入了撤退的苏军。跟着他们离开的有所有城市和州的机关，开始是从基辅转移的，后来是从伏罗希洛夫格勒和斯大林诺来的。所有能离开的人都离开了，向趋于稳定的南方前线奔去，而德国人在快速地靠近。在这消逝的洪流中，在混乱和不确定中，没有提及任何关于事先培训好的青年近卫军领导人及其本身的事。1942年7月20日，德国人靠近了克拉斯诺顿，居民连同他们在没有任何掩护的情况下留了下来。

根据战时文件和作战侦察资料，"青年近卫军"没有核心领导，没有党的高层同志以及与中央的联系。开始没有，后来也没有。他们自己行动。没有人教他们、组织他们、布置任务给他们、控制他们。小说中的整个这条线索是最后增补的。所以他们不需要任何用于军队和中央的侦察情报（为什么他们没有联系），组织的活动可能只是颠覆意识形态的、只是"城市游击队"的活动。与官方的领导、有组织的游击队、联络和信息统统切断的十几岁的孩子们独立地在敌人后方活动着。

如此的起始条件和年少的参与者增加了"青年近卫军"失败的概率。组织设立分部，其增加的所有成员数量（克拉斯诺顿的'青年近卫军'方尖碑上写着大约60个名字，但也有逃脱逮捕的人）和未经过保守秘密的训练使组织更加冒险。

在失误已经形成的情况下，小错误、过失在统计上就不可避免了。德国人的作战侦察工作专家是高水平的。失败成了早晚的事。

失败发生了——孩子们因一些微不足道的小事而落网——正如成年地下工作者和专业受训过的间谍常常失败的那样。

手中有线索的一头，就可以查清城市组织的成员，事实上没这么复杂：这不是向法庭呈报案件！谁跟谁一起学习，谁是共青团的，怎么在街上走，父亲在哪儿跟谁一起工作——证明这些的文件都有。为什么需要伪警察？有自愿的告密者？

个人的叛变行为不是克拉斯诺顿的地下工作者们被捕和暴露的必要条件，但它加快并简化了这一工作，况且德国人推测"青年近卫军"有集中统一的领导。

亚历山大·韦尔特在《苏德战争中的游击战》（【11】，526页）一章中注意到："存在于顿巴斯、矿工城克拉斯诺顿的'青年近卫军'组织的故事是与德国人在城市条件下斗争的最出名的例子。这个爱国主义的集体表现和殉难的例子绝对不是唯一的，就像卓娅的功勋……像克拉斯诺顿人一样，成了人民英雄的象征。转变为人民英雄和受难者常常取决于这样的情况：很多人战斗了，死去了，但并未成名。"

从莫斯科出发70公里，再拐向韦列亚和博罗夫斯克方向就可获得例子了，在那里的地方志博物馆可以找到在相似条件下（居民相信莫斯科已经被占领，德国人在红场上进行了阅兵）活动的、成员年龄相仿，但不是那样出名的类似组织的材料。

也就是说在战争开始之时，全国的年轻人被这样教育，甚至在事实和信息上都被隔离的、被占领的城市中要一样地爱国并为此付出自己的生命。

难以想象意识形态教育工作的更强大的效果。况且在法捷耶夫的第二版中,对党的领导的线索描述得非常详细,未必不会降低小说的宣传作用。显然,这样的改动是有人指示作者做的。只是为什么需要这样的"多此一举"?意识形态的感受是主观的东西,但能不能成为马上将"青年近卫军"和集中领导联系起来的客观必要呢?我们试着分析一下。

打开1957年出版的,部分德国军事专家(例如古德里安)的文集——《第二次世界大战总结》一书,在退役上将洛塔尔·伦杜利克博士的文章《游击战》中可以找到非常有意思的声明。(【14】,135页)

洛塔尔·伦杜利克博士在20页纸上有戏剧化的讲述,第二次世界大战中,对德国指挥部的游击运动和抵抗运动是修正了所有国际法规范的恐怖且令人震惊的意外。

他引用1907年的海牙第4公约的附件,其中说明了游击战和抵抗运动的普通法律规范和规则。

只有对德国人进行抵抗时,一般来说,他们喜爱引用《海牙公约》,而且按照引用数量,游击问题占据第一位。

从第二次世界大战开始,特别是在斯拉夫国家,德国就违反了《海牙公约》的每一条规则,而在苏联领土上完全忘记了这份文件的存在的德国人在被占领领土上常常用"来自角落里"的游击战为自己的行为辩解。

考虑到游击队的这种"胡作非为","不奇怪的是,修订陈旧的已经不符合现代化的游击战的法律规范问题在战后会议和法

庭诉讼中①占据了最重要的位置之一"。(【14】,135 页)

会议和法庭诉讼……已经有意思了。是什么让游击队员们奉命遵守《海牙公约》呢?为什么德国指挥部如此担心,将游击战命名为"来自角落里战争"?我们读一下:

1.11 如果敌人军队占领一国,居民今后任何形式的抵抗都是非法的。(那欧洲国家普遍都陷入了"非法"!)

1.12 如果政府签署了降书,公民不承认此事实为非法。(南斯拉夫、希腊、法国在自己的军队解散后敢于游击作战!)

1.13 如果一国政府处于境外,游击运动为非法。如果另一国政府试图领导游击运动——更是非法的。只有苏联和意大利拥有有权管理游击战的政府。至于戴高乐在非洲创建的"法国政府",这甚至不是政府,总的来说是反政府。所以,根据《海牙公约》,法国抵抗运动极端非法。

1.14 游击队员必须遵守武装斗争规则,即:

a)他们必须穿着某种制服,使其从远处能被注意到(我可没开玩笑!),或者有其他区分的标志;

b)游击队员不应藏匿自己的武器。

以下准确根据正文:

"没什么诡计与这些刚提到的规则相容。然而,俄罗斯和意大利游击队员一般不承认,并不穿着统一的制服,不佩戴区分标志(当然了!)……游击队员的斗争与国际法……关于合法斗争的规范相悖。

"所以游击队员被置于法律之外。在任意一个战区,评价

---

① 作者标出。——译者注

游击战时应该正是以这样的合法情况作为依据。"(【14】,135—138)

对现代人而言,所引用规则的荒诞不经超越了理性的界限。

但在第二次世界大战初期,《海牙公约》的规则是欧洲国家签署的有效及合法的关于陆战之法律及惯例的文件。

该文件早已过时,正是第二次世界大战展示了其根据不足,它们已无影响力,而法西斯军队(特别是在斯拉夫国家)从根本上破坏了国际法标准,并没有人为之不安。

在审查和制定新规则前,旧法律仍有效,无论它是不是有缺陷的。

这样,苏联的游击队运动有权存在,但这是不正规的游击队员:不穿制服,不佩戴区分标志,阴险地藏匿武器,常常穿着和平居民的衣服,有人甚至换上敌人的军装!违反规则的行为远远不止这些。但苏联游击队运动还有一个独特的方面,那就是分类。

洛塔尔・伦杜利克博士宣称:"苏联人自己区分了正规的和自发的①游击队员。正规的游击队员在与红军保持紧密联系下行动,在无线电和飞机的帮助下,处于与其司令部的稳定联系中。这些游击队员的高层领导中有不少红军总参谋部的军官。

"对游击队的集中化领导是显而易见的,因为德国或俄罗斯军队在进行某个重要的进攻准备时,游击队员在此区域很快就以破坏德军部队之间的供给和中断联系、占领并销毁弹药仓库并袭击军队驻地为目的而积极行动起来。这些行动成了军队

---

① 作者标出。——译者注

的重负,还带来了不小的危险。在其他任何一个战区都没有像在俄罗斯战区那样在游击队员和正规军之间有如此紧密的联系。"(【14】,147 页)

"自发的游击队员大部分与军队指挥机关联系微弱,事实上一般与他们没有任何联系……他们常在固定地区进行独立斗争,这样一来给德军带来了不少不快。在阴险狡诈和残忍方面,他们甚至时常超过正规游击队员……他们丝毫没有纪律性——后果丝毫没有妨碍生活方式——苏联指挥部感觉对正规军而言,这是不容许的。

"苏联游击队斗争的方法的特征有其他战区从未记载过的残忍。他们不考虑战争管理的规则并处死俘虏。"(【14】,148 页)

值得注意的是,到 1945 年,游击队员分为"正规""自发""城市自发"等几类,已完全定型了(参见【11】,512—527 页),并在回忆录、文档和专业的战后外国文学中已固定通用。第二次世界大战的多个参与国的游击运动和抵抗运动都进行了这种分类。

即"正规游击队员"被当作好像是自己军队的某种分队,而"自发的游击队员"的活动伴随着长期的信息缺乏。由于文档基础的全部或部分缺乏或者丢失,游击运动一般难于研究。而有"自发的游击队员"参与的事件在询问当地居民、参与者的个人回忆、间接的资料和推论的基础上复原了——如果一般应当再现的话。所得到的事件图景不可避免地因非客观性受到损害并成为令人怀疑的薄弱之处。

在亚历山大·法捷耶夫的小说第一版①出版前，青年近卫军的故事就已经出名了，但正是这本书使克拉斯诺顿人成为整个国家喜爱的英雄。谢尔盖·格拉西莫夫的同名电影更增加了民众对其个性的兴趣和对其命运的同情。人们能说出青年近卫军人的姓名，讨论他们的性格，一次次地看电影。为纪念他们，人们用他们的名字为孩子、城市的街道和广场、学校和少先队大队命名。

1947 年 11 月 7 日，基辅举行了作曲家尤里·谢尔盖耶维奇·梅伊图斯的歌剧（A.马雷什科的剧本）《青年近卫军》的首场演出，歌剧是根据 A.A.法捷耶夫的小说的第一版（1947）创作的（【15】,529 页）。

只要稍稍谈及第二次世界大战期间苏联的游击运动，克拉斯诺顿人的故事就十分吸引外国军事记者和军事专家。

"青年近卫军"成功地在国内外受到这种高度欢迎：获得的关于成员的、组织活动的、对其成员的拷打和行刑的信息完全是可靠的。事件与"初步调查"之间的最短的时间间断，是战争时期中相当偶然的因素。在多个证人在场的情况下进行遗体的辨认和检验，当地居民对最新迹象的大量见证，来自德国档案的信息，以及其他资料使得在此情况下可以最大程度地准确再现事件。

国内这已经做得够多。

但如果想起《海牙公约》的附件，讨论游击战问题的"战后

---

① 小说的第二版以伏罗希洛夫格勒州委委员会的档案为依据，表现出一系列成年党员青年近卫军的形象。同时出现了第二版歌剧。

会议和法庭诉讼",那么"青年近卫军"无疑属于"自发的城市游击队员",这成了它在国际舞台上的"阿喀琉斯之踵"。没有领导就没有控制。没有纪律,没有准确的信息,没有所提供的任务。出现了反驳的基础。(当代存在这样的企图不是没有原因的。真的,这是同胞们做的。)

所以在小说第二版中,赋予青年近卫军军人们以集中领导的线索,自动将其从"自发的城市游击队员"改为用《海牙公约》的观点来看完全由政府全权管理的"正规游击队员"。小说改写后,在城市条件下,青年近卫军军人与敌人的爱国主义斗争完全符合国际法①的规定。

今后,在现实战争之后到来,并延续至当代的紧张的情报战条件下,"青年近卫军"的故事能在任何"战后会议和法庭诉讼"中被光彩地介绍出来。

片段二

马克耶夫卡。"阿利克②要来了!"

亚历山大·米哈伊洛维奇·瓦西列夫斯基元帅领导下的我

---

① 这里成年的共产主义者或者"正规的游击队员"参与或未参与到青年近卫军组织的事实不是研究对象

② 阿利克指日记的作者奥列格·莱乌托夫斯基院士。——译者注

军于 1943 年 2 月到 3 月第一次解放了顿巴斯,但领土没能守住。最终的解放于 1943 年 8 月 13 日到 9 月 22 日期间发生。

这样奥列格·莱乌托夫有机会两次解放故乡马克耶夫卡。

　　"我们来到马克耶夫卡,我的左手包扎着……"

　　"你那时候受伤了?"

　　"难道这叫受伤? 这叫碰着了。"

　　　　　　　——摘自奥·亚·莱乌托夫关于战争的讲述

战争开始时"乌克兰是拥有将近 4000 万居民的领土,她作为国家粮仓、煤、铁矿和钢产地的声望已经牢牢树立了"。亚历山大·韦尔特在书中这样说道(【11】,431 页)。

对希特勒、戈林、希姆莱和埃里赫·科赫(乌克兰帝国委员会委员)来说,乌克兰人,像俄罗斯人一样是"劣等人"。据说,有次戈林说:"最好在乌克兰打死所有男人……然后把党卫军的棒小伙子们派到那儿。"(【11】,432 页)

"对德国人而言,乌克兰首先(主要)是粮食产地,其次是煤、铁和其他矿产的产地,第三是苦役的来源。然而运往德国的来自乌克兰的农产品要比德国人预计的少很多,而他们重建顿巴斯、克里沃罗格和其他工业区的企图以惨败而告终:事实上德国人不得不从德国向乌克兰运煤!"(【11】,433 页)。

"两个现象是德国占领乌克兰的特征——大量消灭犹太人以及将上百万年轻的乌克兰人送往德国做苦役……大规模地从

乌克兰输出奴隶从 1942 年 2 月就已开始了。"(【11】,434 页)

奥列格·莱乌托夫的妹妹瓦莲京娜在战争年代中成长,从少女变成了大姑娘。德国人好几次去他们家中搜查,又一无所获地走了:安纳斯塔西娅·马卡罗夫娜把女儿藏在地下室,躲避了俘获和奴役。地下室被可靠地伪装起来,旁人要发现它基本不可能。但随着我军的邻近,每天都更清晰地听到带着解放而来的隆隆炮声,德国人在恐慌中忙于抢劫、爆破、抓去并赶走尽可能多的年轻人,他们的密室被发现了。瓦莲京娜被抓住,从母亲那里被带走,跟其他小伙子和姑娘一起被扔进货车车厢。在当地伪警察的跟随下,他们被运到火车站,那里一列列军车正开往西方。

所有在场的人都对伪警察异常熟悉——他就住在相邻的街上,说过话。在货车上被带着去德国俘虏营的孩子们在他眼前成长,他了解他们的家庭,知道他们是怎么上学的,和谁交朋友,以及如何在战争中生活的。在车厢里,他就在瓦莲京娜的旁边。瓦莲京娜是个非常有魅力又异常果断的正值青春的姑娘,释放出难以定义的品质,善于对周围的人产生强大的影响,用自己特有的真理感染他们,在短时间内将人们吸引到自己这里来。现在类似的品质被称为个人魅力。

"听着,"她对伪警察说,"你的主人溜掉了。可能带你一起走,也可能想不起来。他们还救自己的命呢!听到没?他们来了,我们的人!快到了。不是今天就是明天就来了。阿利克要来了!你该知道的——阿利克要来了。那时候会怎么样?人们会说——你带我们走的!大家都看见了:你怎么把我们抓起来,怎么扔进汽车,你又是怎么跟我们坐在一起的。那时候你又会怎样?你了解阿利克——他千方百计也要把你找到!你跟德国人走,他从德国人那儿找到你。你在地上别想活。他能找到你。现在也是,过十年也是。你知道他这人!要是你放了我们,看看——一下子救了多少人啊!我会把一切都告诉阿利克,那么谁也不会找你了。你想在哪儿生活就在哪儿生活!人们会忘了你。来吧,趁着还能做!放了我们,也救了自己!"

伪警察听着听着,把车停下了。只说了一个词:

"逃吧……"

放了所有人!

瓦莲京娜很了解自己的哥哥。伪警察似乎也很了解。阿利克经历了斯大林格勒(会战)的消息传到了家乡。对于在斯大林格勒会战中幸存的战士来说,一个使亲人分离的伪警察算什么呢?

读过前线日记后更进一步地了解阿利克的性格,就会明白伪警察做了唯一正确的决定。

所描述的事件之后几天,红军就来到了顿巴斯各城镇的街上,和它一起,奥列格·莱乌托夫离家也近了。人们像迎接亲人一般迎接盼望已久的解放者。大家围着坦克,尽力让战士们吃些好的,男孩子们挂在围墙上,用尽全力喊着:"乌拉!"

在与马克耶夫卡相邻的戈尔洛夫卡,5岁的男孩维佳跟其他孩子一起,兴高采烈地挥着手,喊着"乌拉",欢迎路过的苏联士兵。那时他们的目光相遇了吗?没有,他们不记得这次相遇。战后很多年过去了,他们才在莫斯科大学主楼的谈话中说到这件事,发现他们是老乡,那时就弄清了所有细节。永远记得来自戈尔洛夫卡的小男孩,现在是莫斯科罗蒙诺索夫国立大学的校长——科学院院士维克托·安东诺维奇·萨多夫尼奇。

苏军进入马克耶夫卡,奥列格·莱乌托夫远远看到了跑来迎接的瓦莲京娜。

"阿利克来了!"瓦莲京娜尖叫起来,扑上去搂住了哥哥的脖子。

瓦莲京娜在家详细地给哥哥讲了伪警察的故事。

"嗯,"奥列格·莱乌托夫用不熟悉的声音对她说,"这很好,他听你的话,把你们放了。不然我就只剩下一件事可做了。"

图片说明二

图片 48. 第 14 近卫步兵师。奥列格·莱乌托夫(前排居中)。
1942 年

图片 49. 背面的题词："第 14 近卫师,布达里诺车站。基波尔,什姆琴科,斯米尔诺夫,茨韦克,德沃尔采沃伊,费敦,莱乌托夫中尉(前排右一)。"斯大林格勒会战防御阶段开始。1942 年 6 月

图片 50. 鲁别坦斯克地区。在 78 步兵师的库班人那里做客。佩特连科·瓦西里·伊凡诺维奇, 沙莫, 波普科夫, 近卫军上尉莱乌托夫前排居中。第三近卫军。1943 年 4 月

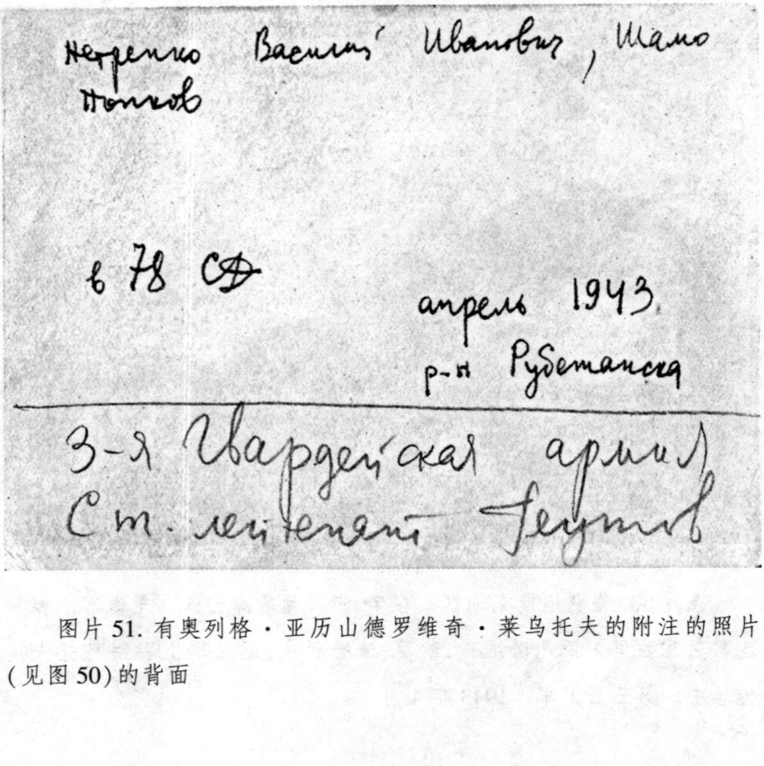

图片 51. 有奥列格·亚历山德罗维奇·莱乌托夫的附注的照片（见图 50）的背面

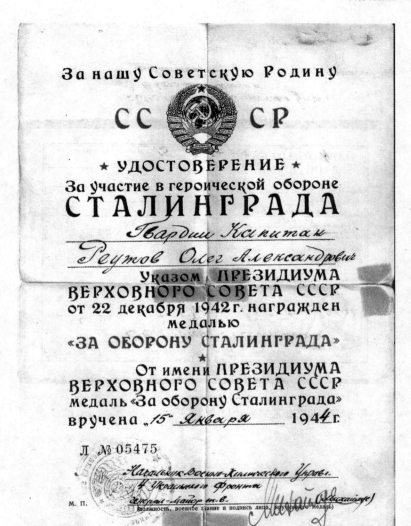

图片 52. 通往战士的奖励之路:1942 年 11 月得奖,1944 年 1 月颁
发勋章

ПАРТИЙНЫЙ БИЛЕТ
№ 06169806

Фамилия *Реутов*
Имя *Олег*
Отчество *Александрович*
Год рождения *1920*
Время вступления в партию *декабрь 1942г.*
Наименование партийного органа, выдавшего билет
Партком МГУ им. Ломоносова
гор. Москвы

(личная подпись)

Дата выдачи *6 декабря* 19 *73* г.

УПЛАТА ЧЛЕНСКИХ ВЗНОСОВ
19 *73* год

Месяц	Месячный заработок	Сумма взноса	Подпись секретаря
Январь			
Февраль			
Март			
Апрель			
Май			
Июнь			
Июль			
Август			
Сентябрь			
Октябрь			
Ноябрь			
Декабрь	1175	35-25	

图片 53. 入党日期——1942 年 12 月

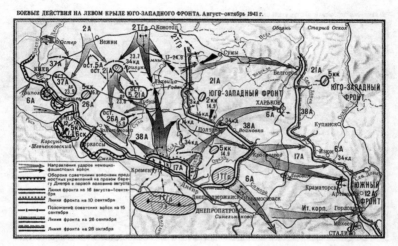

图片 54. 奥·亚·莱乌托夫参与战斗的地方的地图。1941 年 8 月到 10 月 (摘自 A.A.格列奇科《战争年代》一书,莫斯科,军事出版社, 1976 年)

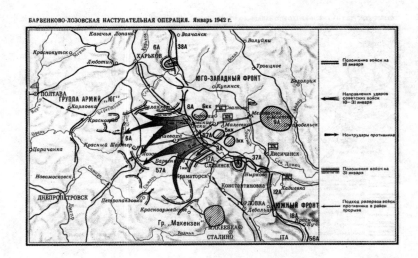

БАРВЕНКОВО-ЛОЗОВСКАЯ НАСТУПАТЕЛЬНАЯ ОПЕРАЦИЯ. Январь 1942 г.

图片 55. 巴尔文科沃的战斗。奥·亚·莱乌托夫的故乡。能很清
楚地看到马克耶夫卡、戈尔洛夫卡和斯大林诺。1942 年 1 月(摘自 A.
A.格列奇科《战争年代》一书,莫斯科,军事出版社,1976 年)

　　图片 56. 什雷科夫·格里高利·米哈伊洛维奇。背面的题词:"赠同志及好友奥列格·亚历山德罗维奇近卫军大尉莱乌托夫留念。43. 11.2,什雷科夫"

图片 57. 在故乡马克耶夫卡与妹妹瓦莲京娜在一起。1944 年

图片 58. 奥列格·莱乌托夫。1945 年春,"两位同志在当兵"①

图片 59. 巴维尔·克尼什科。1945 年春,战后的一生中也一直交好

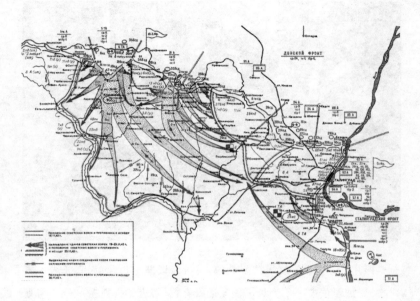

图片 60. 斯大林格勒会战。西南、顿河和斯大林格勒方面军军队的战斗行动。地图的局部来自苏联元帅格·康·朱可夫的《回忆与思索》一书,莫斯科,新闻通讯社出版社,1969 年。在黑白版本中引用。在左上方可看到第 14 近卫师的位置(偏左下是第 5 坦克军的位置)和228.0 高地

图片 61. 背面的题词:"坐着的人:沃因诺夫·伊凡,莱乌托夫·奥列格,库兹涅佐夫·尼古拉·伊凡诺维奇,科切米罗夫斯基·维亚切拉夫,克尼什科·P.O.。站立者:凯丹宁·阿历克谢·伊凡诺维奇,涅斯捷连科·列昂尼德,莫连诺夫·彼得·伊凡诺维奇。捷克斯洛伐克,帕尔杜比采。1945 年 5 月"

　　图片 62. 乌克兰战役侦察工作第 4 方面军化学处主任助理近卫军少校奥·亚·莱乌托夫(前排居中)。1945 年春

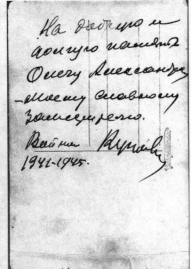

图片 63. 库兹涅佐夫·尼古拉·伊凡诺维奇将军,乌克兰第 4 方面军化学处主任。背面题词:"赠我光荣的助手奥列格·亚历山德罗维奇留念。1941—1945 年的战争。库兹涅佐夫"

图片64.奥·亚·莱乌托夫(第二排,中间)。背面题词:"谢尔巴科夫——第26独立喷火器营指挥官;勒兹宁——喷火器营第9独立桥梁营;扬科夫斯基——第26独立喷火器营参谋长;科切米罗夫斯基·维亚切斯拉夫。1945年春。捷克斯洛伐克。近卫军少校莱乌托夫和乌克兰第4方面军火焰喷射器部队"

　　图片 65. "我在捷克斯洛伐克迎来了战争结束。"近卫军少校莱乌托夫·奥列格·亚历山德罗维奇。1945 年 5 月,捷克斯洛伐克

图片 66. 红星勋章。1944 年

图片 67. 卫国战争二等勋章。1944 年

图片 68. 卫国战争一等勋章。1945 年

图片 69. 奖章:"战斗功勋"奖章(1943),"保卫斯大林格勒"奖章
(1942 年),"在 1941—1945 年伟大的卫国战争中战胜德国"奖章
(1945)

图片 70. 卫国战争一等勋章。1965 年

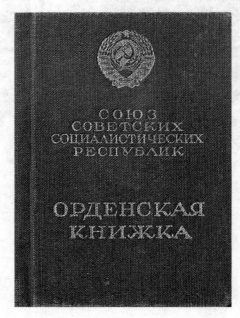

图片 71. 莱乌托夫 · 奥列格 · 亚历山德罗维奇的勋章证明书

图片 72. 弗拉基米尔·伊凡诺维奇·梁赞诺夫和利季娅·亚历山德罗夫娜·梁赞诺娃夫妇。1916 年 10 月 30 日

　　图片 73.利季娅·亚历山德罗夫娜·梁赞诺娃(左一)坐着,尼娜·梁赞诺娃戴着绣花小圆帽站在后边。费尔干纳(乌兹别克斯坦城市)附近的天山支脉,20 世纪 20 年代

图片 74."驴队"。尼娜·梁赞诺娃(左二)。费尔干纳,20 世纪 20
年代

图片 75. 利季娅·亚历山德罗夫娜·梁赞诺娃和女儿尼娜。塔什干 (乌兹别克斯坦首都),20 世纪 30 年代

　　图片 76. 战争前夕塔什干医学院的女学生。尼娜·梁赞诺娃居中,左侧——她的战前、战时和战后的女友伊琳娜·鲍里索夫娜·沃利曼,后来是莫斯科著名的儿科医生

图片 77. 尼娜·梁赞诺娃

图片 78. 奥列格·莱乌托夫,战前的朋友战后在莫斯科相遇

图片 79. 医疗勤务大尉尼娜·弗拉基米罗夫娜··梁赞诺娃被致谢的病人们围绕。1945 年 7 月 30 日

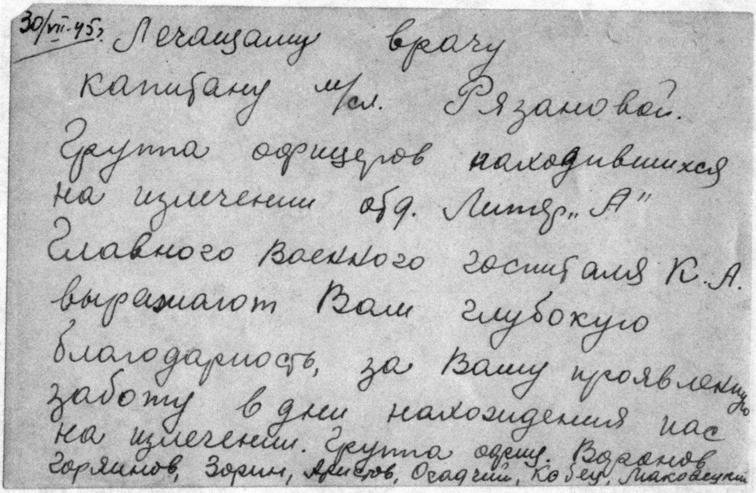
30/VII-45г. Лечащему врачу
капитану м/сл. Рязановой.
Группа офицеров находившихся
на излечении отд. Литер „А"
Главного Военного госпиталя К.А.
выражают Вам глубокую
благодарность, за Вашу проявленную
заботу в дни нахождения нас
на излечении. Группа офиц. Варанов
Горяинов, Зорин, Аристов, Осадчий, Кобец, Маковецкий

图片80.图片79的照片背面的题词:“1945年7月30日。赠予主治医师医疗勤务大尉梁赞诺娃。因在我们治疗期间您表现出的关怀而向您致以深深的谢意——K.A.总军医院尉官“A”部已治愈的军官小组。军官小组:瓦兰诺夫、戈里亚因诺夫、卓林、艾斯托夫、奥萨奇、科别茨、马科维茨基”

图片 81. 就这样开始了和平的生活。与妻子尼娜·弗拉基米罗夫娜·梁赞诺娃和女儿塔季扬娜在一起。莫斯科,1949 年春

图片 82. 外科医生尼娜·弗拉基米罗夫娜·梁赞诺娃与女儿塔季扬娜在医院的花园中。1951 年

图片 83. 奥列格·亚历山德罗维奇·莱乌托夫与女儿塔季扬娜在"红战士"村。1953 年 6 月

《日记》后的战争

片段三

波兰。奥斯维辛

1945 年 1 月 27 日,苏军包括乌克兰第 4 方面军的部队(当时在伊凡·耶弗列莫维奇·彼得罗夫大将的指挥下),联合乌克兰第 2 方面军在波兰南部进行战斗,占领了位于索拉河畔的奥斯维辛市(德语 Auschwitz),并进入了死亡集中营。

可以在互联网上,在历史研究中,在艺术、记录文学里,在电影资料中找到有关奥斯维辛的大量资料。这些资料并不总是在数字上相符,然而所有资料的来源在一点上一定一致:开始奥斯维辛作为一般的政治犯集中营,在波兰被占领的荒芜的奥地利兵营的基础上建设起来,1940 年 6 月,接收了第一列载有犯人的火车,1945 年 1 月,奥斯维辛变成了一座大型的死亡工场,据一些数据显示那里消灭了 110 万人,另外一些数据显示,超过 400 万人。

关于德国人的集中营位于奥斯维辛,人们在那里被毒气闷死的事已为人所知,但发生的规模及详情,除了被关押在死亡营的人,我们的士兵和军官是第一个看到的。

近卫军少校莱乌托夫踏上集中营的领地时,有些犯人还活着,尽管党卫军分子在撤离前杀死了大量犯人,还丢下了成堆的未收拾的尸体。在慌忙中把人们塞进毒气室,有些地方装入了有毒物质齐克隆 B①,而有些地方没来得及装。在毒气室外,官兵们见到了活人。立刻开始给毒气室外的人喂东西,并对毒气室内的人展开援救。

齐克隆 B 是固体结晶物质,在温度作用下立刻转化为气体,避开了液体形成阶段,——"毒气室"的名称由此而来,尽管在那里装入的是固体化合物。

形成的气体要比空气重很多,在被人们挤得满满的室内,它开始在地板上聚集,而后慢慢地向上升起。

所以,苏联战士们打开毒气室的门,呈现了"倒金字塔"的画面。

底层是小孩子们的尸体,高一些的地方——是男孩和女孩,再高些——是成年女性和老人,最上方——是男人中最强壮的。

---

① 齐克隆 B 为氰化物,原用作杀虫剂,后被德国法西斯用于集中营进行屠杀。——译者注

在毒气未来得及充满室内所有空间的地方，在没有毒气的地方，犯人安然无恙。他们被搬到室外。看到这些人，特别是孩子们的情况时，我军士兵怒不可遏。

"少校同志，"他们中的一个来找奥列格·莱乌托夫，"请下令追吧！"

"追谁？"

"那儿，畜生们，跑了！"战士向敌人离去的远处道路方向上挥着手，"我们跟坦克兵说好了，很快跑过去，打他个狗啃泥，我们就回来了。下令追吧。"

没下令。不能下令。没有办法。

近卫军少校莱乌托夫与自己的同志们感同身受。那些他抱在手中的孩子就是包着皮的活骷髅。还没人见过这样的人。

战士们双手颤抖。只有强硬的命令才能阻止他们扑向离去的 SS（党卫军）部队。

了解到不会有迅速的追踪，苏联战士们炸掉了焚尸炉。

六十年代末著名电影《盾与剑》上映了，我们全家在俄罗斯电影院看了这场电影。从电影院出来，奥列格·亚历山德罗维奇评论了苏联侦察员从集中营解救被关押的孩子们这一片段，他说真正在奥斯维辛的孩子看起来完全是另外的样子。当然了，在文艺电影中不可能展示孩子们的真实外貌，但在电影资料中我们有时能看到，他们事实上看起来是什么样。这可以让我们接近 1945 年 1 月解放者们体验到的感受。

在给予幸存的犯人们第一时间的帮助后，苏军官兵搜查了集中营。

在那里发现的一切使奥列格·莱乌托夫终生铭记。突然停工的、真正处理和利用人体的工场仍烟雾升腾,它喘息着。人体脂肪沿专门的槽流到容器底部还未凝固的一摊液体中。被切割成一块块的带文身的成堆的皮肤。现在我们了解到,1943—1944 年,在集中营医疗室进行了人体试验,特别是对人体器官的极限温度领域进行了研究,目的是帮助飞行中的德国飞行员、歼击机驾驶员。焚尸炉是烧毁全部废材料的地方。齐克隆 B 的储备。墙壁和大地自身都散发出折磨、恐惧和死亡的气息。

战后,奥列格·亚历山德罗维奇访问了建于 1947 年的奥斯维辛博物馆。此时,帕格沃什例会在波兰举行,所有参与国的代表团都前往曾经的集中营。汽车上带着纪念死者的鲜花和花圈。自然,奥列格·莱乌托夫说至今在奥斯维辛仍是压抑沉闷的,但在效果上,它已不是运转中的杀人工厂了。

在博物馆,帕格沃什的同行来到苏联代表团团长身边问道,1945 年这里是如何被解放的。莱乌托夫院士指给大家看 11 号简易房——哪里是死亡简易房,哪里躺着尸体,哪里是被送往德国家具厂的女人头发,一堆堆的衣服和玩具,人骨粉。他说,他感到抱在手里的孩子的身体是那么轻,正如军医对给幸存的犯人喂食的士兵们喊的那样:"别喂太多——会要了他们的命!喂一点儿。"

在奥斯维辛,大约 23 万孩子死去,那里消灭了波兰人、茨冈人、白俄罗斯人、犹太人、乌克兰人、俄罗斯人、南斯拉夫人……

超过 30 个民族的人民。但在那里死去最多的是来自东欧和苏联的犹太人。

参观者向纪念碑献花时,才弄清楚在集中营内一同死亡的,同样被毫不怜悯地割去皮肤、剪掉头发,被饥饿和毒气杀死,在炉子里被烧掉的所有奥斯维辛的遇难者——死后被分开了。为每个国家、每个民族建立了单独的纪念碑。活人也分开了——每个代表团前往自己单独的纪念碑。有两个例外:不同代表团的成员们来到 1945 年还没有自己国家的犹太民族遇难者的纪念碑前,也毫无例外地来到苏联人民纪念碑前献花。

解放者是所有人的解放者。

片段四

捷克斯洛伐克

"我们让你成为将军!"

"5 月 9 日,在所有苏联前线上最后的射击都沉寂了,我们在捷克斯洛伐克为消灭拒绝投降的陆军元帅舍纳尔①的德国军队集群几乎又持续了两天战斗。"(引自奥·莱乌托夫的简短的

---

① 约翰·费迪南德·舍纳尔(德语:Johann Ferdinand Schörner,1892 年 12 月 5 日—1973 年 2 月 7 日),纳粹德国陆军元帅。——译者注

战时生平,参见"O.A.莱乌托夫的简要战时生平")。

对于乌克兰战役侦察工作第4方面军化学处副主任、近卫军少校奥列格·莱乌托夫来说战争终于结束了。但事情还有很多。

根据德国投降的条件,夏季,奥列格·莱乌托夫从事了拆除化工厂的工作,这段时间他被呈请提升为中校军衔,此军衔的晋升已进入审批阶段。

军人们知道——这个过程要花时间,而从5月9号开始,在形式上已是和平时期了。但近卫军少校完成了自己的任务,并于1945年8月提出了复员请求。

"你怎么了,莱乌托夫?"在司令部大家对他说,"疯了吗?你离中校只差一步之遥了!为什么要离开军队?留下吧。我们还能让你成为将军呢!赶快服役到底——你会看到的!"

近卫军少校想到他将不得不留在军队并"供职当到将军",而这一事实要取代大学实验室和大科学时,他笑了,回答道:

"我是为可以平静地研究化学而战。不用让我当将军!"

吃惊的不仅仅是指挥部。战友们相信,这位有才华的军官会继续军旅生涯。战后,和奥列格·莱乌托夫保持友谊的朋友帕维尔·克尼什科劝他留在军队:

"留下吧,奥列格!用不了两周就是中校了!哪怕再等等,等到晋升下来啊。"

"不行。现在在这儿只能浪费时间。该回化学系了!"

"8月23日,前线军事苏维埃满足了我的复员请求,很快我就能返回化学系,回到最爱的化学那里。"

战后很长时间都有来自敖德萨的帕维尔·克尼什科寄到奥·亚·莱乌托夫家的贺电,在"收件人"一栏写着:退役中校莱乌托夫。还有他其他的战友也用这个收信人地址发送信函,这是他们的密码。

邮递员男孩严肃的声音从门外问我:

"退役中校在这儿住吗?"

"谁? 这个,应该,在楼下……啊! 是的,住这儿!"

"您怎么了,不知道他是中校?"

"知道知道。他现在有另外的称号。"

真的有另外一个称号——苏联科学院院士。

大概,不仅仅是乌克兰第4方面军的指挥部把莱乌托夫看作将军。

七十年代初,萨瓦·库利什拍摄了以帕格沃什运动为主题的电影①。电影的主题很遥远。主人公——生物系教授——原型是莱乌托夫院士(也是相当遥远的)。

电影拍摄期间,萨瓦·库利什和奥列格·亚历山德罗维奇成了朋友。他们经常交谈,一起在疗养院休养。

导演对军事题材很感兴趣,认真听取了奥列格·亚历山德罗维奇对现代战争电影的准确批评和分析。

那时,莱乌托夫院士是军事史中某些问题的独一无二的专家。除了普及的资料外,他还利用自己高水平的信息掌握程度和个人的前线经验,研究伟大的卫国战争数十年。

有些其他战局,奥列格·亚历山德罗维奇也认真地研究

①　电影为《第19委员会》。

过——比如，拿破仑战争，他是如此了解，以至于让法国历史学家惊奇不已。

电影工作者的计划渐渐形成了：拍摄关于战争的电影，在莱乌托夫院士百科全书般的基础知识之上，将他的前线经历奉献给电影主人公。

萨瓦·库利什和他的同事们相信，奥列格·亚历山德罗维奇的意见都考虑到了，这将是他的战争，不会有如此多的习以为常的错误。

总之十五年前已经崩溃的国家怎能胜利，怎能战胜这支征服了实力强大的欧洲的军队，这是什么概念——保卫和发展。仅此而已……

"你明白吗，奥列格，"萨瓦·库利什说，"我们想啊想啊……对主人公来说，你的经历太棒了，拿来就拍了。但是结局嘛……老百姓不信任院士啊！没有过这样的。不可能。最后我们把你弄成将军吧！"

"谢谢！"奥列格·亚历山德罗维奇笑了起来，"这已经提议过了。1945年的时候！"

战后生活

复员后,近卫军少校莱乌托夫自然探望了家乡马克耶夫卡。安娜斯塔西娅·马卡罗夫娜和她的小女儿瓦莲京娜看到亲爱的阿利克生气勃勃、健健康康,已长大成人,感到十分幸福。她们终于等到了自己的亲人——一位年轻英俊的勋章获得者。

在家乡做客,与殷勤好客的老乡们交流后,奥列格·莱乌托夫去了莫斯科,去了这座将自己的爱永远奉献给化学的命运之城,去了他想继续研究化学的唯一的地方。

"我认为战后的每一天都是节日。"奥列格·亚历山德罗维奇说。

每一代打过仗的人的永恒的问题,是超越时间和地理的问题。贝尔托·布莱希特①就描写过(《大胆妈妈和她的孩子们》):从战争回来的年轻人对和平的生活感到大为震惊。战时他们还在彼处,而此处以自己的方式生活。很多人已经没了,很多人的命运改变了。但那些现在还活着的人——他们生活、工

---

① 贝尔托·布莱希特(德语:Bertolt Brecht,1898年2月10日—1956年8月14日),德国著名的戏剧家与诗人。——译者注

作、学习,职业化地成长,他们有私生活。但你只有前线。这是另一种量度。你得在完全不同于自己的军事梦想的世界里找到自己,你得在有另一种命运的自己同龄人中间生活并赶上失落的东西。你不得不习惯,战争过去了,只有你还完全留在那里。不得不从这个心理束缚中挣脱出来,同时什么也忘不了,一切都保存在记忆里。但只要存在战争,从中幸存和回来的人就不得不走过这条路。

如果一个人拥有可以将战争期间所有剩下的未使用的能力和力量投入热爱的事业、热爱的专业、热爱的科学上,是幸运的。

战后的莫斯科对待前线战士的态度很好,但近卫军少校不可避免地遇到了上述麻烦。但前线战士有自己的长处。

"问我战争有多影响我的工作的问题时,我回答,在前线培养的品质在和平生活中成功地给予我如此多的帮助,我没有军事经验的话,未必能成功地做这么多。"奥列格·亚历山德罗维奇说。

(所做的事情可以从《生平随笔》中看到,特别多。)

能区分主要的和次要的,为达到目的难以想象地顽强,轻而易举地解决问题,对大多数人而言是无法做到的——当然,认识到你已经可以做了,那现在就做吧!

在《亚历山大·尼古拉耶维奇·涅斯米扬诺夫 学者与人》一书的"学者·教师·爱国者"一章中,奥列格·亚历山德罗维奇描述到,他是"如何进入涅斯米扬诺夫的新学派——进入最最神圣的有机化学的”:“与亚历山大·尼古拉耶维奇的第二次见面发生在 1945 年 9 月 7 日,就在我从军队复员后不久。[21]

就在这个化学讲座大教室里,我跟尤·康·尤里耶夫教授[22]站在一起,亚历山大·尼古拉耶维奇快速走进来。尤里·康斯坦京诺维奇介绍了我:“这是莱乌托夫,我跟您说过他,并向您推荐过他。”我行了举手军礼,亚历山大·尼古拉耶维奇用目光扫过我,一瞬间带着疑惑停留在我的两把手枪上(第二把是“保护用的”),说道:“不忙着办理。有时间。”真的,他没来找我。需要快点把战争的四年中失去的东西赶回来……

过了一周,签署了我的研究生录取申请后,亚历山大·尼古拉耶维奇说:“奥列格·亚历山德罗维奇,您忘了写自己的地址了。”

“不是的,亚历山大·尼古拉耶维奇,不过是暂时我没地址罢了。”

“您在莫斯科没有登记户口?”

“是的。不过,跟其他人一个样。”

“但是那样我不能接收您工作。要是您进入研究生班,就会给您在宿舍安排个位置。”

“亚历山大·尼古拉耶维奇,”我说,“请签字吧,剩下的您就不用费心了。我会得到宿舍的床铺的。”

“我喜欢这样。但我担心,您没有完全估计到在‘地方’①生活的困难。”亚历山大·尼古拉耶维奇说道。【8】

---

① 此处的“地方”是与军队相对而言的,即军队和地方是两个相对的概念。在中国也有这样的说法,军人退役后,回到地方工作。——译者注

大学宿舍管理员研究了到来的前线战士的文件，看看他的个人武器，解释说位置没有了，宿舍已经满了：

"难道我还能给您安排到这儿吗?"他指着黑暗走廊门后的轻便折叠床说。

"想想看，"奥列格·亚历山德罗维奇说，"他想用什么吓唬我?! 第一，不开枪；第二，折叠床上有床单；第三，那儿有枕头! 在前线，像这种皇家般的待遇只能想象!"

1945 年秋，奥·亚·莱乌托夫作为有机化学教研室的研究生在莫斯科大学化学系工作了。他在这个教研室工作了 53 年。

（图片 1—21）

最近两年，我听到了我父母相识的三个版本。

第一个：他们一起战斗，爱上了对方，一起来到莫斯科，结婚。

第二个：他住院了，她把他治好了，他们相爱，去了莫斯科，结婚。

第三个，其罗曼蒂克（浪漫）和详细程度使我震惊：她在生物系学习，他们在大学晚会上相识，一起跳舞。他对她说："这可能挺傻的，但我希望您成为我的妻子。"第二天，她打电话给他，说："这可能挺傻的，但我同意了。"他们就结婚了。

下面的故事才是真实的：他们两个真的都在战争前线，奥列格·莱乌托夫真的住进了医院，他们两个在很多年里一起出色地跳过舞。其他的——都是传说! 但是多么迷人!

妈妈，尼娜·弗拉基米罗夫娜·梁赞诺娃在中亚的费尔干纳长大,在费尔干纳的主要森林和山谷中,外公担任着一个在当时不小的职务。

关于巴斯马奇分子,家人都很熟悉,不是道听途说的。整个团体的孩子们和他们的朋友都长期居住在外公的大房子里,他们喜欢骑驴子去山里旅行(当然有随行人员),成了整个地区颇为有名的"驴队"。(图片72—74)

后来外公一家迁居塔什干(图片75,76)。在那里,尼娜·梁赞诺娃进入了根据列宁的命令组建的著名的塔什干医学院学习。在教学中,这所学院派去了高度专业化的人才和知名教授。

在医学院学习期间,尼娜·梁赞诺娃定期去莫斯科的亲戚那里做客,在莫斯科,她认识了奥列格·莱乌托夫。完全可能的是,那时候大家就看到他们在跳舞。就像现在说的那样,他们两个是一伙人,但战前单独的交往关系没有保持下来。

尼娜·梁赞诺娃在塔什干遭遇了战争。战争的第一年她就在那里,匆忙地上完学,在外科诊室实习完,就在军列中接诊被带到中亚的伤员了。有时,驶向后方的军列在路上遭到轰炸,而后伤员的资料丢失了,包括医疗资料(这时乌兹别克语知识就帮上忙了)。有时不得不跟突发的伤寒做斗争,到了1942年夏,尼娜·弗拉基米罗夫娜·梁赞诺娃成了军医。剩余的三年战争中,她没有离开过手术台,在红军的不同野战医院中做手术。

经历过战争的外科医生——完全是特殊的人,常年观察妈妈周围的医疗界人士后,我对这样的说法坚信不疑。无畏;在紧张情况下快速做决定;正确的判断力和灵活运用丰富的经验——好像是他们总体的特点。不由得你会想起"神之后的第一人"的说法。

　　1945 年 8 月,医疗勤务大尉尼娜·弗拉基米罗夫娜·梁赞诺娃,"走运的"、经验丰富的外科医生在红军总军医院供职(图片 79,80)。她的家人在此时也迁居到了莫斯科。

　　尼娜和奥列格在战争年代有对方的消息,但战争时期没有单独的通信。1945 年 9 月,奥列格·莱乌托夫近卫军少校来到莫斯科,不久就与战前的老朋友们相聚了。

　　此后不久,1946 年,经历过战争的、长大了的、学会用新方式评价生活的奥列格·莱乌托夫和尼娜·梁赞诺娃结为夫妻,在一生中得到了彼此。(图片 77,78,81,82,83,20)

2009 年秋于莫斯科

文后注释

莱乌托夫·奥列格·亚历山德罗维奇

自传梗概

1. 涅斯米扬诺夫·亚历山大·尼古拉耶维奇（1899—1980）——有机化学家,化学元素有机化合物科学学派的创始人,苏联科学院院士(自 1943 年起),莫斯科国立米·瓦·罗蒙诺索夫大学有机化学教研室主任(1944—1978),苏联科学院有机化学研究所所长(1939—1954)。自 1944 年起为苏共党员,莫斯科国立 M.V.罗蒙诺索夫大学化学系系主任(1948—1951),苏联科学院院长(1951—1961),科室主任和苏联科学院元素有机化合物学院金属有机化学实验室主任。社会主义劳动英雄(1969),两次获得列宁勋章(1969 和 1979),列宁奖金的获得者

（1966）及其他荣誉。

《日记》

1941-09-03

2. 安 德 烈 · 亚 历 山 德 罗 维 奇 · 日 丹 诺 夫（1896—1948）——苏联国家和党的活动家,那时是党的中央政治局委员会成员,战争时期是列宁格勒前线西北方向军事苏维埃的成员。

1941-09-10

3.尤里·安德烈耶维奇·日丹诺夫(1919—2006),朋友和同年级同学,未来的有机化学家,苏联科学院通讯院士(自1970年起),罗斯托夫国立大学校长(自1956年起),北高加索科学中心代表(自1970年起)。在日记所描写的时期,他的两位姑妈在塔什干。

1941-10-12

4.“停机”“使铁水在熔炉中冷却”“把残铁留在炉内”——不将熔炼生铁的炉料加工的高温冶金过程进行到底(即进行到获得液态废渣——残余物——产品本身——生铁)。结果是高炉作业面堆满了固化的半成品——炉料、残余物和生铁的混合物。这种半成品粘连在炉衬上,充满了液态残余物和生铁的排出口。炉料、残余物和生铁的聚集物——形成“残铁”,只有通过拆卸炉衬才能清除坚硬的聚集物("残铁")。"残铁"的重量可达数吨。这种作业之后(指把'残铁'留在高炉内)要启动炉子,需要清除"残铁"和维修炉子。

顺便提一下,巴·巴若夫(1879—1950,俄罗斯作家——译者注)的《民间故事》一书中(《碧绿色的小箱子》选集)就将此作为给工厂领导和厂主捣乱的古老方法了。

就像德国人没宣传过的那样,他们来到顿巴斯的时候,才发现每个炉子里都有"残铁"。他们无比失望,异常愤怒。

1941-11-20

5.在所描述的时期,SS(党卫军)"维京"师由精英人才组成。没有哪一个时期,它的战士更多地显露出压倒一切的自信和对死亡如此示威性的蔑视。一个把所有弹药都射击完的军官,从口袋里掏出烟斗平静地点燃它,等着进攻者。同样情况下,另一位军官两手交叉放在胸前,站立着,用所有外在表现展示着对敌人的蔑视。没人举手投降。"要阻止他们,需要打死每一个人! 我们什么时候能把他们一个个打死?!"那时奥·莱乌托夫激动地喊道。就像他说的,这是绝望的顶点。"没关系,孩子。"一个年长些的战士回答他,"到他们学会举起手的时候。"

他是多么正确啊! (参看下文)

1941-11-21

6.铁木辛哥·谢苗·康斯坦京诺维奇(1895—1970),苏联

元帅(1940),两次获"苏联英雄"称号(1940 和 1965),自 1919
年起为苏共党员,联共(布)中央委员会成员(1939—1952)。
1918 年将自己的骑兵团带到察里津,在那里他被编入布琼尼的
骑兵。1941—1943 年任西部方面军、西南方面军、斯大林格勒
方面军和西北方面军司令。苏联最高苏维埃代表(1937—
1970)。

1941-11-23

7.给尤里·日丹诺夫的信。(参见文后注释 3)

1942-02-27

8.戈尔巴托夫·鲍里斯·列昂季耶维奇(1908—1954),苏
联作家。1930 年起为苏共党员。故事集《普通的北极》(1940)、
长篇小说《顿巴斯》(第一部,1951)的作者。两次苏联国家奖金
的获得者(1946 和 1952 年),有关敌人后方的苏联人的爱国主
义的中篇小说《不屈的人》(1943)的作者。

1942-04-14

9. 这是在战争条件下直觉敏锐的显著例子。在这个四月
的早上,莱乌托夫出来做早操,已经连续几天在同一个地方
做——高高的雪堆上还有很多冰,奥·莱乌托夫没有走到那个
地方,而是拐弯了,选择了另外一个场地。在做第三节练习时,
雪堆猛地碎了。冰雪之下是未引爆的地雷,在四月的阳光下一
切都消融了,炮弹移位了,发生了爆炸。没人受伤。

1942-04-25

10.赫鲁晓夫·尼基塔·谢尔盖耶维奇（1894—1971），苏联党政活动家。在所描述的时代是乌克兰共产党（布）中央委员会第一秘书。

1942-05-31

11.关于舍佩托夫。大概正是在这场交战中，头部受伤的舍佩托夫少将在无意识的状态下被俘。一年中，德国人劝说舍佩托夫，想说服其合作，但不能战胜他，被迫将其公开处决。

1942-08-04

12.可能这里说的是叫热尼娅的女歌手。

她与音乐会工作组一起给部队表演并唱了歌。演出的时候，旁边一颗隐藏的炮弹意外爆炸了，女歌手的背部被碎片严重割伤。她死在奥·莱乌托夫的怀抱中。

这首歌他久久地记着，但战后从没听过它，直到我唱起了它。就像后来弄清楚的那样，这首歌在选集中名为《巴克桑》，作词 A.格里亚兹诺夫、L.克罗塔耶娃、N.佩尔西扬尼诺夫，但曲子是战前的探戈舞曲——《就让日子过去吧》。

热尼娅表演的是哪个版本，已无法查明了，但《巴克桑》的歌词是这样的：

在大雪掩盖小路的地方，

在可怕的雪崩的地方，
战斗队的登山队员们，
编了这支歌，并放声高唱。
战斗中群山变得亲切，
大暴风雪我们不怕，
下达命令——立刻集合，
去敌人的巢穴侦察。

副歌：

同志啊，你记得那皑皑白雪，
巴克桑挺拔整齐的森林，敌人的掩蔽所。
记得陡峭的山脊上，
留给以后的日子的手榴弹和便条。
同志啊，你记得深夜里暴风雪的怒号，
你记得敌人怎样一片恐慌地逃窜，
你可怕的机枪是怎样轰鸣作响，
你记得咱们怎样一起归队。

篝火的烟雾中枝条嘎嘎作响，
小锅里浓茶升起缕缕轻烟。
你侦察归来疲惫不堪，
举杯独酌，沉默不语。
用冻硬的发青的双手，

擦拭蒙上水汽的机枪。

你时而想些什么，

把头向后扭去。

1942-08-23(对奥·莱乌托夫在1942年4月15日的《红星》报上的标记的注释)

13.1942年春,在苏联战士中流传着这样的话:用自己的武器击落敌机,便会立刻成为苏联英雄。这个流言促进了飞机猎手队的形成,一听到"空袭警报"的命令,猎手队不是转移到隐蔽处,而是激动地用机枪和步枪朝空中目标开火。法西斯飞行员经常,特别是在战争的头几个月——在田野上、在道路上追逐一个人——追击并朝一个逃跑的身影射击,同时既不可惜燃料,也不可惜弹药。而现在,他们自己变成了绝望的狙击手战士们狩猎的目标。

差不多一年,奥列格·莱乌托夫在任何机会下都积极地用步枪猎捕敌人的飞机。打中过,但没有击落。他枪打得不错,但没有狙击手的天赋。但是他多么想亲自把他们打下来啊!

1942-10-14

14.沙波什尼科夫·鲍里斯·米哈伊洛维奇(1882—1945),苏联元帅(1940)。自1930年起为苏共党员。第一次世界大战和内战的参与者。M.V.伏龙芝军事学院院长(1932—1935)。总参谋部首长(1937—1940,1941年7月—1942年5月),苏联国防副人民委员(1937—1943),高等军事学院院长(1943—

1945）。苏联最高苏维埃代表（1937—1945）。

1942-11-12

15.罗科索夫斯基·康斯坦京·康斯坦京诺维奇（1896—1968），苏联元帅（1944），两次获"苏联英雄"称号（1944和1945）。自1919年起为苏共党员。1941—1945年在莫斯科会战中为军队司令，布良斯克和顿河方面军（斯大林格勒会战中）司令，中央军、白俄罗斯、白俄罗斯第1和第2方面军司令（在维斯瓦—奥得河及柏林战役中）。国防部长和波兰人民共和国部长会议副主席（1949—1956），苏联国防部副部长（1956—1957，1958—1962）。苏联最高苏维埃代表（1946—1949，1958—1968）。

1942-11-12

16.朱可夫·格奥尔基·康斯坦京诺维奇（1896—1974），苏联元帅（1943），四次获"苏联英雄"称号（1939、1944、1945和1956）。自1919年起为苏共党员。在列宁格勒和莫斯科会战中（1941—1942）的后备军、列宁格勒和西方面军司令。国防第一副人民委员和副最高统帅（自1942年起）。协调斯大林格勒会战中各方面军的行动。1944—1945年，为乌克兰第1和白俄罗斯第1方面军司令（在维斯瓦-奥得河及柏林战役中）。1945年5月8日，以最高统帅的名义接受了法西斯德国的投降。苏联国防部第一副部长（1953—1955），苏联国防部部长（1955—1957）。苏共中央委员会主席团候补委员和委员（1956—

1957），苏联最高苏维埃代表（1941—1958）。

关于斯大林格勒会战

17.崔可夫·瓦西里·伊凡诺维奇（生于 1900），苏联元帅（1955），两次获"苏联英雄"称号（1944 和 1945）。自 1919 年起为苏共党员。内战参与者。在伟大的卫国战争中指挥了一系列军队，包括斯大林格勒会战中的第 62 集团军。国防部副部长，自 1960 年起为陆军统帅。苏联民防首长（1964—1972）。苏联最高苏维埃代表（自 1946 年起）。

18.库兹涅佐夫·瓦西里·伊凡诺维奇（1894—1964），军事首长，上将（1943），获"苏联英雄"称号（1945）。自 1928 年起为苏共党员。在伟大的卫国战争中指挥了一系列军队，波罗的海沿岸方面军副司令。苏联最高苏维埃代表（1946—1950，1954—1958）。

19. 耶廖缅科·安德烈·伊凡诺维奇（1892—1970），苏联元帅（1955），获"苏联英雄"称号（1944）。自 1918 年起为苏共党员。在伟大的卫国战争中指挥了布良斯克、东南、斯大林格勒、南方、加里宁、波罗的海沿岸第 1、第 2、乌克兰第 4 方面军及一系列军队。苏联最高苏维埃代表（1946—1970）。

20.瓦图京·尼古拉·费奥多罗维奇(1901—1944),苏联军事首长,大将(1943),获"苏联英雄"称号(1965)。自1921年起为苏共党员。在伟大的卫国战争中任西北方面军的参谋长,总参谋部副参谋长。自1942年起为沃罗涅什、西南和乌克兰第1方面军的司令。因伤死亡。

战后生活

21."第二次见面"——跟亚·尼·涅斯米扬诺夫的第一次见面:

"……我第一次见到亚历山大·尼古拉耶维奇还是在战前,1939年3月,在莫斯科大学化学系的大化学教室里。休息时间为我们讲有机化学课程的谢·谢·纳梅特金院士与一个年轻人一起出现在从讲座教室通向教室的过道里。谢尔盖·谢苗诺维奇粉色脸庞的旁边是一张苍白得不正常的男人的脸。

"这是谁?"我问,"他为什么这么苍白?"

"是涅斯米扬诺夫教授,他研究汞。"坐在旁边的I.K.科罗比岑娜答道。那时,我想:我研究什么都行,但一定不是汞。命运则愿意用另一种方式处理……

(在自己的科研生涯中,奥列格·亚历山德罗维奇研究的相当大一部分是汞有机化合物,甚至在1956年发明了杀菌制剂地奥齐德①,也从来没有过于苍白的特点。)

---

① 地奥齐德是一种灭菌消毒药,在手术前使用。——译者注

纳梅特金·谢尔盖·谢苗诺维奇（1876—1950）——有机化学家，院士（1929），领导莫斯科大学有机化学教研室直到1944年。后来领导石油化学教研室，是苏联科学院石油研究所院长。

科罗比岑娜·伊琳娜·基里洛夫娜——化学科学博士，列宁格勒大学教授。

22.尤里耶夫·尤里·康斯坦京诺维奇（1896—1965）——化学科学博士，教授，领导莫斯科大学化学系杂环化合物实验室。

参见:《亚历山大·尼古拉耶维奇·涅斯米扬诺夫　学者与人》。莫斯科,科学出版社,1986年,43—48页。

原书参考文献书目

1.莱乌托夫·奥列格·亚历山德罗维奇.(总编辑 A.M.普罗霍罗夫).《苏联大百科全书》(第三版).莫斯科:苏联百科全书出版社,1975.

2.A.M.普罗霍罗夫.《苏联百科辞典》.莫斯科:苏联百科全书出版社,1980.

3.西维尔金.Yu.N.《俄罗斯帝国、苏联及俄罗斯联邦的化学家,I》.莫斯科:俄罗斯自然科学院,1997.

4.哈里通诺娃.A.N.《莱乌托夫·奥列格·亚历山德罗维奇》.莫斯科百科全书,莫斯科百科全书基金会.

5.科尔钦娜.A.B.《认知——学者的座右铭》.苏联科学,1986(2)。

6.库里亚恰娅.M.《行千里路……》.知识就是力量,1985 年7 月.第 70 页.

7.莱乌托夫·奥列格·亚历山德罗维奇.《亚历山大·尼古拉耶维奇·涅斯米扬诺夫　学者与人》.莫斯科:科学出版社,1988.第 43 页。

8.沃伊托维奇.T.《为科学的伟大献身》.莫斯科大学学报，1998年10月,第20/3837/号。

9.奥列格·亚历山德罗维奇·莱乌托夫.《苏联学者生平材料·化学科学系列》.88卷. I.别列茨卡娅作序. R.I.库兹缅科和G.N.菲纳什娜编纂目录.莫斯科:科学出版社,1992.

10.卡尔达绍夫.V.《罗科索夫斯基》."名人生活"丛书.青年近卫军出版社,1984.

11.维尔特·A.《1941—1945战争中的俄罗斯》(经作者审定的译自英文的译本).历史科学博士E.A.布洛欣作序并编辑.莫斯科:进步出版社,1967.

12.A.M.萨姆索诺夫.《斯大林格勒会战》.莫斯科:科学出版社,1982.

13.A.A.法捷耶夫.《青年近卫军》.苏联列宁共产主义青年团中央委员会青年近卫军出版社,1954.

14.《第二次世界大战总结》(L.K.科莫洛娃译自德语的译本). I.N.索博列夫少将编辑.莫斯科:外国文学出版社,1957.

15.《歌剧脚本 第一卷 俄罗斯歌剧和苏联各民族歌剧》(第四版).莫斯科:音乐出版社,1978.

（注：按原文格式译。——译者）